D1723343

Texte Beat Stutzer
und Dieter Koepplin

Marcel Schaffner

Band 9   Editions Galerie Carzaniga & Ueker Basel

4

Gestaltung Walter Bosshardt, Reinach
Farb- und Schwarzweissphotos Christian Baur, Basel
und andere Photographen (siehe Photonachweis)
Photolithos Die Repro, Tamm
Satz und Druck Basler Zeitung, Basel
Einband Buchbinderei Grollimund AG, Reinach
Übersetzung ins Englische Peter T. Hill, Dartmouth

© 1991 Editions Galerie Carzaniga & Ueker AG, Basel
Printed in Switzerland
ISBN 3.85696.014.7
1. Auflage 2000 Exemplare

Abbildung auf Schutzumschlag:
Gefässe, 1990/91, Öl auf Leinwand, 155×190 cm

Inhalt   *Contents*

Der 9. Band unserer Reihe der Monographien ist einem wichtigen Exponenten der informellen Malerei in der Schweiz gewidmet, dem Basler Maler Marcel Schaffner.

Die Herausgabe dieser Publikation fällt zeitlich mit dem 60. Geburtstag des Künstlers zusammen, dessen Schaffen in Basel dank der Ausstellung in der Kunsthalle im Jahre 1977 und den folgenden Ausstellungen in der Galerie Riehentor bereits gut bekannt ist. Dass es uns vorbehalten war, das bisherige Schaffen des Künstlers in einem Kunstbuch umfassend darzustellen, ehrt uns ganz besonders. Auf das Erscheinen des Buches wird im Februar des kommenden Jahres eine Retrospektivausstellung in beiden Häusern der Galerie folgen.

Es freut uns, dass wir als Autoren für diesen Band zwei namhafte Schweizer Museumsdirektoren gewinnen konnten: Dr. Beat Stutzer, Direktor des Bündner Kunstmuseums Chur, und Dr. Dieter Koepplin, Direktor a.i. des Kunstmuseums Basel. Ihnen gilt unser herzlichster Dank.

Unser besonderer Dank gilt auch den Kantonen Baselland und Basel-Stadt und der Schweizer Kulturstiftung Pro Helvetia, die mit ihrer finanziellen Unterstützung die Realisierung dieser Publikation ermöglichten.

Basel, im Dezember 1991
Galerie Carzaniga & Ueker
Arnaldo Carzaniga und Stephan Ueker

This 9th volume in our series of monographs is devoted to one of the most important exponents of non-figurative painting in Switzerland, the Basle artist Marcel Schaffner.

The publication of this book coincides with the 60th birthday of an artist whose work is well known in Basle through a major show at the Kunsthalle in 1977 and subsequent exhibitions at Galerie Riehentor. We consider it a particular honour to have been accorded the privilege of producing this comprehensive review of the artist's work. The publication will be followed up in February of next year with a retrospective which will fill both the gallery's houses.

As authors of this monograph we are delighted to have secured the services of two notable Swiss museum directors: Dr Beat Stutzer, Curator of the Grisons Museum of Art (Bündner Kunstmuseum) in Chur, and Dr Dieter Koepplin, acting Curator of the Basle Museum of Art. We would like to express our warmest thanks to them.

We are especially grateful to the cantons of Baselland and Basel-Stadt and the Swiss cultural foundation Pro Helvetia whose financial support has made this publication possible.

Basle, December 1991
Galerie Carzaniga & Ueker
Arnaldo Carzaniga and Stephan Ueker

Beat Stutzer   Marcel Schaffner

Einleitung

Fällt in einem Gespräch der Name Marcel Schaffner, spürt man stets den Respekt, die Achtung, die Bewunderung für einen Menschen und Künstler, dem ein Mass an Anerkennung gezollt wird, das in eklatantem Kontrast steht zu dem, was einer breiteren Öffentlichkeit, die über den engeren Kreis von Freunden und Kollegen hinausgeht, durch Ausstellungen oder Rezeption bisher vermittelt wurde. Gewiss: Kein Kapitel über die schweizerische Auseinandersetzung mit Tachismus und Abstraktem Expressionismus, das ihn nicht erwähnen würde, und keine Übersichtsausstellung zum selben Thema, das auf seine Werke verzichten könnte. Doch im Unterschied zu anderen gleichaltrigen Künstlern der Aufbruchjahre blieb Schaffner stets im Hintergrund – alles andere denn vergessen oder übergangen, aber verschlossen, in sich gekehrt und schweigsam, wenn es während längerer Zeit nichts zu sagen gab.

Die Retrospektive der Kunsthalle Basel von 1977, begleitet von einem dünnen Katalog mit einem kompetenten Text des Künstler- und späteren Lehrerkollegen Werner von Mutzenbecher[1], blieb bislang einziger «äusserer Höhepunkt» einer unspektakulären «Karriere». Im übrigen waren es Galerien in Basel und Zürich, die jeweils neue Werkgruppen vorstellten. Die kritische Auseinandersetzung mit Schaffners Werk spielte sich mehrheitlich auf der Ebene ephemerer Zeitungsberichte oder werkmonographischer Artikel (siehe Bibliographie, Seite 158) ab: knappe Abrisse, Ansätze und Stimmungsbilder, durchaus unter Einbezug wertvoller Gedanken und zentraler, auf Gesprächen mit dem Künstler basierender Aussagen.

Die vorliegende Monographie versucht, das Werk Marcel Schaffners erstmals von den Anfängen bis in die Aktualität zu dokumentieren und unter Berücksichtigung des bislang Geschriebenen sowie in erster Linie aus der schauenden Beschäftigung mit den Werken zu würdigen. Für einen Künstler, der schon früh «als einer der besten Schweizer Maler seiner Generation»[2] euphorisch gepriesen wurde und der in der Folge – auch unter Einschluss einer tiefen künstlerischen Krise – seinen von etlichen stilistischen Brüchen gekennzeichneten Weg beharrlich weiterverfolgt hat und unbeirrt weitergeht, macht es besonderen Sinn, sein Gesamtœuvre in einem, wenn auch gerafften Überblick vorzustellen.

Marcel Schaffner ist immer ein Stiller im Lande gewesen. Seine Kraft und Energie hat er – wenn schon – immer seiner Kunst zukommen lassen. Das heisst nicht, er habe weltfremd und asketisch allein seiner Malerei gelebt. Im Gegenteil: Mit hellwachem Sensorium wusste er immer auf neue Strömungen, auf Unerwartetes, auch auf Missliebiges zu reagieren – nie lauthals, emphatisch oder mit Zorn, sondern ruhig, bedächtig, abwägend. Diejenigen, die ihn besser kennen, betonen gerne seine menschlichen Qualitäten und Eigenheiten: den sich selbst auferlegten, unbedingten Willen, «voll und ganz in seiner Art zu leben und zu arbeiten»[3], die grosse Ehrlichkeit sich selbst und seinem künstlerischen Tun gegenüber, die tolerante, «ja fast von philosophischer Stoik» geprägte Haltung sowie das «Über-den-Dingen-Stehen», die «unerschütterliche innere Ruhe und Freiheit»[4], den Drang zur Unabhängigkeit und das «Schweigen und sich zurückziehen, wenn seine Art nicht gefragt war»[5].

Bahnhof 1949

«*Man wird Künstler auch, um Mensch zu bleiben*»

Über all dem Charakterisierenden mag diese von Schaffner einmal geäusserte, kaum wohl überlegte, vielleicht aber gerade deshalb eindrückliche Aussage gewissermassen zur Leitthese avancieren. Der Satz wird gerne zitiert[6], um Schaffners unbedingten Willen zu untermauern, sich allen äusseren Zwängen und bourgeoiser Selbstgenügsamkeit zu widersetzen.

Marcel Schaffner hatte es in der Bildungsbürgerstadt Basel mit ihrem Gewicht kultureller Tradition nie leicht. Er stammt aus einfachen Verhältnissen[7] und hatte sich alles selber anzueignen – die Bildung, das Wissen, das Selbstverständnis. Das Durchsetzen der eigenen Vorstellungen auch unter widrigen Umständen sowie der Kampf, den es dazu brauchte, haben ihn nachhaltig geprägt, ihn aber auch gelehrt, Entscheidungen schon früh und allein zu treffen.

Nach der Jugendzeit und den Schuljahren in Basel kommt der 15-jährige kurz nach Ende des Zweiten Weltkrieges in die Westschweiz. Wenig später kehrt er in seine Vaterstadt zurück. 16jährig beginnt er zu malen: «Überraschenderweise war die Literatur der Anlass dazu. Er las Dostojewski, und die Geschichte prägte sich ihm mit einer seltenen Deutlichkeit ein. Es waren bestimmte Farben, an die er denken musste, Farben, die in ihm den Eindruck von Leiden hervorriefen.»[8] An der Allgemeinen Gewerbeschule absolviert Schaffner den Vorkurs (1948/49). Auf Drängen der Eltern, die auf das Erlernen eines «soliden» Berufes pochen (wenn schon etwas Künstlerisches, dann vielleicht Graphiker), geht Schaffner den umgekehrten Weg. Er bestreitet seinen Lebensunterhalt mit Gelegenheitsjobs und arbeitet bei einem Teppichhänd-

ler. Jetzt beginnt er ernsthaft mit der Malerei, mit beharrlicher Intensität und der «unbeirrbaren, festen Überzeugung, ‹entweder geht es oder es geht nicht›»[9]. Es folgen lange Jahre, während denen Schaffner die ganze Energie für sein einziges Ziel einsetzt, Jahre des autodidaktischen Studiums, um sich anhand von Reproduktionen die Malerei der Moderne, vor allem des Expressionismus, anzueignen. 1951 fährt er nach Italien, besucht die Museen und lebt als junger, hoffnungsvoller Künstler unter seinesgleichen.

Nach Basel zurückgekehrt wird Schaffner zuerst desillusioniert, und die Arbeit gerät ins Stocken. Doch schon 1952 findet er ersten Rückhalt in der in diesem Jahr gegründeten Gruppe «Ulysses» – eine aus Litera-

1
WERNER VON MUTZENBECHER, in: Ausst.-Kat. *Marcel Schaffner*, Kunsthalle Basel 1977; wiederabgedruckt in: Kunst-Bulletin des Schweizerischen Kunstvereins, Heft 3, März 1978, S. 2–5.
2
EDUARD PLÜSS/HANS CHRISTOPH VON TAVEL (Hrsg.), *Künstler-Lexikon der Schweiz. XX. Jahrhundert*, 2. Band, Frauenfeld 1958–1967, S. 839–840.
3
WERNER VON MUTZENBECHER (wie Anm. 1).
4
SIEGMAR GASSERT, *Marcel Schaffner (Kunstsommer IV)*, in: Basler Zeitung, Nr. 211, 10. September 1986.
5
WERNER VON MUTZENBECHER (wie Anm. 1).
6
WERNER VON MUTZENBECHER (wie Anm. 1). Im Titel seines Beitrages über den Künstler zitiert von BRUNO GASSER, *Marcel Schaffner. «Man wird Künstler auch, um Mensch zu bleiben»*, in: Basler Woche, 7. Oktober 1983.
7
Der Vater war Kaminfeger. Schaffner weist in einem Gespräch mit dem Autor darauf hin, um anzudeuten, dass die jüngst entstandenen, russig dunklen «Nachtbilder» vielleicht eine Reminiszenz an den Beruf des Vaters sein könnten.
8
AUREL SCHMIDT, *Abbilder des Inneren*, in: Basler Magazin, Nr. 44, 1. November 1980, S. 9.
9
BRUNO GASSER (wie Anm. 6).

Gruppe Ulysses. Von links nach rechts:
T. Gerber, F. Billeter, S. Bocola,
R. Scheitlin, E. Lurati, P. Noll,
M. Schaffner, V. Schaffner.

ten, Studenten, Juristen und Künstlern[10] locker formierte Gemeinschaft, die über eigene Räume verfügt und dort bis um 1956 Ausstellungen, Konzerte, Lesungen[11] veranstaltet.

Die Einsicht in die noch dürftige Grundlage und die Suche nach neuen Anstössen veranlassen ihn ein zweites Mal zum Besuch der Basler Kunstgewerbeschule. Zwischen 1953 und 1956 belegt er Malkurse bei Martin A. Christ und Zeichnen bei Walter Bodmer. Schaffner reist nach Spanien und Marokko (1953 und 1955). Es sind entscheidende Jahre: Die ersten gültigen Werke entstehen, und die Anregungen von aussen erscheinen ihm wie eine einzige Offenbarung. Schaffner verlässt die Schule ohne Abschluss, aber im unumstösslichen Wissen um seine zukünftige Aufgabe. Als nun freier Maler gerät er plötzlich in eine Aufbruchsstimmung, die ihn nicht nur trägt, sondern zu der er selbst Wesentliches beisteuert.

Basler Tradition ...

Marcel Schaffner hat sich mit der Basler Kunst gründlich auseinandergesetzt. Mit seinem Werk steht er denn auch folgerichtig innerhalb des Entwicklungsstranges. Am Beginn

der neueren Tradition steht Arnold Böcklin, der Schaffner «unheimlich Eindruck»[12] gemacht hat. Gegen die Vorherrschaft der sogenannt «dunkeltonigen» Maler wie Jean-Jacques Lüscher, Numa Donzé und andere nahm die Gruppe «Rot-Blau» mit ihrem Expressionismus kirchnerscher Prägung vehement Stellung. Schaffner orientiert sich zu Beginn am «Rot-Blau»-Künstler Albert Müller, aber mehr an dessen vorexpressivem Werk, das mit dem Setzen planer Farbflächen seinerseits in der Nachfolge Louis Moilliets steht.[13] Von den Künstlern der «Gruppe 33» fühlt sich Schaffner am meisten zu Walter Kurt Wiemken hingezogen: Dieser habe ihn «sehr beschäftigt».[14]

Die Basler «Graumaler», die sich im «Kreis 48» zusammenfanden (Max Kämpf, Karl Glatt, Gustav Stettler, Joos Hutter), bildeten zusammen mit den wichtigeren, noch arbeitenden 33er-Künstlern am Beginn der fünfziger Jahre die aktuelle Kunstszene Basels. Max Kämpf war es, der dem jungen Schaffner um 1948/49 den ersten, nachhaltigen Eindruck hinterlässt. «Als ich siebzehn oder achtzehn war, begegnete ich Max Kämpf. Er war der erste wirkliche Maler, den ich näher und gut kennengelernt habe und mit dem ich viel zusammen war. Er hatte am Anfang auch einen gewissen künstlerischen Einfluss auf mich (nur kurze Zeit), der menschliche Einfluss hingegen war ganz stark. Durch das Reden und nächtelange Diskutieren entstand ein Mensch vor mir, welcher als Vorbild auf mich wirkte. Nicht im Sinne von Imitieren. Doch durch die Auseinandersetzungen gewann ich eine gewisse Selbständigkeit. In meiner Entwicklung war das Zusammensein und Auseinandersetzen mit dieser Figur eines meiner wichtigsten Stadien.»[15]

…und internationale Avantgarde

Im Herbst 1955 übernimmt Arnold Rüdlinger die Leitung der Kunsthalle Basel. Schon während seiner Tätigkeit an der Kunsthalle Bern engagierte er sich für die Vermittlung der internationalen Gegenwartskunst. Wichtig und bahnbrechend war seine Berner Trilogie «Tendances actuelles»: 1952 und 1954 zeigte er Werkgruppen der wichtigsten Vertreter der Ecole de Paris; in der dritten Schau von 1955 figurierten erstmals Werke der Amerikaner Jackson Pollock, Sam Francis und Mark Tobey.[16] Das nach dem Zweiten Weltkrieg erst langsam keimende Interesse an neuer amerikanischer Kunst und ihre zu Beginn nur zögernde Vermittlung in Europa wird bei Rüdlinger anlässlich der Wanderausstellung «12 amerikanische Maler und Bildhauer der Gegenwart» mächtig geweckt und lässt ihn in der Folge nicht mehr los. Rüdlinger informiert sich zunächst in Paris, wo er bei Sam Francis enthusiastisch auf das neue Bildprinzip des «all-over», auf die Grossräumigkeit und die dramatische Malaktion reagiert. 1957 unternimmt Rüdlinger seine erste, legendär gewordene Reise in die USA: Resultat ist die wichtige Doppelveranstaltung mit der ersten repräsentativen europäischen Pollock-Ausstellung sowie der Schau «Die neue amerikanische Malerei», die im Frühjahr 1958 in der Kunsthalle Basel gezeigt werden.[17] Rüdlingers Engagement für das Neue und seine Begeisterungsfähigkeit für noch Unvertrautes bewirken den durch ihn getätigten Ankauf der vier Werke von Mark Rothko, Barnett Newman, Franz Kline und Clyfford Still durch die Schweizerische National-Versicherungsgesellschaft Basel. Die Bilder gelangen durch Schenkung in den Besitz des Kunstmuseums Basel, wo sie den frühen und markanten Grundstock für den weiteren Samm-

Landschaft, Öl auf Leinwand, 1955

lungsausbau zeitgenössischer Kunst legen.[18]

Für Schaffner wird Rüdlinger nicht nur wichtig als Vermittler neuer Kunst aus den USA, sondern auch als Mensch und Freund. Rüdlingers «engagierte Persönlichkeit, die nahen Kontakte zu den Künstlern, sein Glaube an das Neue, sein kämpferischer

10
Sandro Boccola, Fritz Billeter, Peter Noll, Andi Linn, René Brack, Theo Gerber, Marcel Schaffner.
11
Max Frisch liest hier 1952 aus seinem «Don Juan oder die Liebe zur Geometrie» vor, einige Zeit vor der Erstaufführung des Stückes am 5. Mai 1953 im Schauspielhaus Zürich.
12
BRUNO GASSER, *40 Basler Künstler im Gespräch,* Basel 1984, S. 126.
13
Siehe BEAT STUTZER, *Albert Müller (1897–1926) und die Basler Künstlergruppe Rot-Blau. Mit einem kritischen Katalog der Gemälde, Glasscheiben und Skulpturen,* (Schweizerisches Institut für Kunstwissenschaft: Œuvrekataloge Schweizer Künstler 9), Basel/München 1981; BEAT STUTZER, *Von Böcklin bis zur «Gruppe 33» (Eine Skizze),* in: Gruppe 33, Editions Galerie «zem Specht», Basel 1983, S. 11–19.
14
«Doch es kam zu keiner malerischen Beeinflussung, es ist ja ein ganz anderer Stil als meiner. Vielleicht ist es das, was mich faszinierte.» (BRUNO GASSER (wie Anm. 12), S. 126.)
15
BRUNO GASSER (wie Anm. 12), S. 126.
16
Siehe JEAN-CHRISTOPHE AMMANN/HARALD SZEEMANN, *Von Hodler zur Antiform, Geschichte der Kunsthalle Bern,* Bern 1970; MARCEL BAUMGARTNER, *L'Art pour l'Aare. Bernische Kunst im 20. Jahrhundert,* Bern 1984, S. 225–265.
17
Siehe *Amerikanische Kunst von 1945 bis heute. Kunst der USA in europäischen Sammlungen,* Hrsg. Dieter Honisch/Jens Christian Jensen, Köln 1976; *Die Geschichte des Basler Kunstvereins und der Kunsthalle Basel 1839–1988. 150 Jahre zwischen vaterländischer Kunstpflege und modernen Ausstellungen,* Basel 1989, S. 225–229, 234–237.
18
Siehe FRANZ MEYER, *Arnold Rüdlinger und die amerikanische Kunst,* und EBERHARD W. KORNFELD, *Rüdlingers Reise nach New York 1957,* beide in: *Amerikanische Kunst von 1945 bis heute,* (wie Anm. 17), S. 114–116, S. 116–119.

Einsatz spielten auch hier [wie vorher in Bern] eine Rolle. In mancherlei Hinsicht bedeutete seine Amtszeit auch eine neue Ära für die Basler Kunst».[19] Der Leiter der Kunsthalle fördert die jungen Begabungen, regt und spornt an, versucht zu vermitteln und trägt die neuen, in der Auseinandersetzung mit Internationalem hervorgebrachten Ideen nach aussen. In kurzer Zeit bildet sich eine lockere Gruppe junger Maler, die von der Aufbruchsstimmung getragen wird und die aktuelle baslerische Kunstszene ungemein belebt. Schaffner steht bald im Mittelpunkt dieser «Szene», zu der Lenz Klotz, Matias Spescha, Rolf Iseli, Samuel Buri, Werner von Mutzenbecher, Bernd Völkle, Hans Remond, Niklaus Hasenböhler, Paul Suter, Michael Grossert und andere gehören. «Es ist kein Zufall, dass gerade Schaffner auf so viele Künstler eine so grosse Faszination ausgeübt hat. Ganz natürlich fiel ihm unter Gleichaltrigen und

Im Atelier

Jüngeren die Führerrolle zu.»[20] Im Jahre 1961 zeigt Rüdlinger in der Ausstellung «19 junge Basler Künstler» seine zwischen 1925 und 1935 geborenen «Schützlinge». Es seien «erstaunlich eigene und persönliche Formulierungen», trotzdem dass «de Staël, Tal Coat, einige Amerikaner ihnen Pate gestanden sind».[21]

Schaffner wird nicht nur von seinen Künstlerkollegen, sondern auch von der interessierten Öffentlichkeit früh anerkannt. So findet auch er in der berühmt gewordenen August-Nummer der Zeitschrift «du» von 1959 Aufnahme: Das von Manuel Gasser unter dem Titel «Die dunklen Pferde» veröffentlichte Heft galt 42 damals noch unbekannten Schweizer Künstlern, «dark horses» eben, von denen man nicht wissen kann, ob sie als unbescholtene Aussenseiter das Rennen machen werden. Tatsächlich bestätigten etliche der vielversprechenden Talente die Anfangslorbeeren nicht und hielten ihren furiosen Aufbruch in künstlerisches Neuland nicht durch. Schaffner gehört indes zu den wenigen, die dank künstlerischer Potenz nicht bloss durchzuhalten wussten, sondern heute noch in der Lage sind, Entscheidendes hervorzubringen.

Zur ersten Werkgruppe: 1956–1959

Wenn Marcel Schaffner einmal gesagt hat: «Ich habe nie ein abstraktes Bild gemalt»[22], mag das auf den ersten Blick überraschen. Weniger aber, wenn man um sein Arbeiten nach realen Vorlagen sowie nach wirklichen und erlebten Landschaften weiss, die er zur Herauskristallisierung von Spannungsmomenten und formaler Dramaturgie heranzieht. Eine Reise nach Nordafrika (1956) animiert ihn zum Bild *Marokko* (Abb. Seite 45). Mitte der fünfziger Jahre erreicht Schaffner damit einen hohen Grad an Abstraktion. Die Landschaft ist flächig aufgebaut. Die Gegenstände wie Häuser, Dächer, Bäume und Felder sind fragmentiert und auf einfache Formen wie Rechtecke, Trapeze oder Ovale reduziert. Die rhythmisch angeordneten Farbfelder fügen sich in ihrer heiteren Farbigkeit zu einer wohlgeordneten Komposition, die aus dem Wechselspiel der Formbezüge und der verschiedenen Helligkeitswerte ihren Reiz bezieht. Auf die Vorbildlichkeit von Louis Moilliet oder Albert Müller haben wir bereits hingewiesen.

1957 organisiert der Verleger Marcel Joray für das Musée des Beaux-Arts in Neuenburg die Ausstellung «La peinture abstraite en Suisse». Sie vermittelt erstmals einen Überblick über die ungegenständliche Malerei in der Schweiz seit 1945. Im folgenden Jahr ist die veränderte und reduzierte Schau im Kunstmuseum Winterthur zu sehen. Georg Schmidt, der Direktor des Kunstmuseums Basel, nimmt im Katalogtext eine erste Klärung vor; er unterscheidet drei Richtungen nichtfigurativer Kunst: die «Geometrischen» (die Zürcher Konkreten und verwandte konstruktivistische Haltungen), die «Tachisten» sowie «die zwischen den Polen Stehenden».[23] Für Schaffner kommen diese Ausstellungen um ein Jahr zu früh. Noch ist man auf ihn nicht aufmerksam geworden oder vielmehr: Seine Malerei richtet sich um 1957 offensichtlich noch zu sehr nach dem Gegenstand und seiner Übertragung in ein rhythmisch bewegtes Klangbild farblicher Akkorde. Für diese, kurz nach 1956 geltende Stilhaltung Schaffners, wird immer wieder auf die Vorbildlichkeit von Nicolas de Staël hingewiesen: Auf die aus grosszügigen farbigen Flecken aufgebauten Landschaften, Stilleben und Figurenbilder, «in denen die isolierten und ungenauen gegenständlichen Hinweise des Naturbildes zu farbigen Klangfiguren von erlesener Kostbarkeit entfaltet werden».[24]

Kurz darauf (1957/58) gibt Schaffner die geometrischen Gegenstandsformen auf. Zudem beschränkt er sich nun auf einen einzigen grossen Farbklang: Sattes Schwarz, Grün, Gelb, Blau oder Bordeauxrot bestimmt das Bild. Viele kurze, heftig gesetzte Stäbe, Stränge und Streifen überziehen das Feld. Diese sich allerorts überlagernden und verflechtenden Parzellen sind derart pastos hingespachtelt, dass der Farbmaterie bildbauende Qualität zukommt. Jeder dieser kräftigen Züge lagert schwer und krustig auf dem Grund. Das vielschichtige Verzahnen und der schnell wechselnde Klang der Farbe evozieren einen pulsierenden Raum, ein permanentes, unruhiges Vor und Zurück. Die meist diagonale Ausrichtung der Pinselzüge und ihr ständiges Aufeinanderprallen in spitzen Winkeln ergeben eine wirbelnde Hektik und Dynamik.

19
FRANZ MEYER, *Die Kunstszene Basel 1950–60. Vorbilder und neue Impulse*, in: Gruppe 33, Editions Galerie «zem Specht», Basel 1983, S. 180.
20
WERNER VON MUTZENBECHER (wie Anm. 1); siehe auch FRANZ MEYER, (wie Anm. 19), S. 181–182.
21
ARNOLD RÜDLINGER, in Ausst.-Kat. *19 junge Basler Künstler*, Kunsthalle Basel 1961. – Die Ausstellung stellte neben einigen Plastikern und den beiden konstruktivistischen Künstlern Paul Talman und Maria de Vieira alles Maler vor, die sich mit Tachismus und Abstraktem Expressionismus auseinandersetzen: Wolf Barth, Samuel Buri, Theo Gerber, Niklaus Hasenböhler, Konrad Hofer, Lenz Klotz, Werner von Mutzenbecher, Philippe Pilliod, Bruno Müller, Bernd Völkle.
22
... und der Autor – AUREL SCHMIDT (wie Anm. 8) –, der den Künstler zitiert, fährt mit der Begründung fort: «denn jedes seiner Bilder ist direkt aus der autobiographischen Notwendigkeit entstanden».
23
Siehe HANS-JÖRG HEUSSER, *Kunst in der Schweiz 1945–1980*, in: HANS A. LÜTHY/HANS-JÖRG HEUSSER, *Kunst in der Schweiz 1890–1980*, Zürich/Schwäbisch Hall 1983, S. 78.
24
WERNER HAFTMANN, *Malerei im 20. Jahrhundert. Eine Entwicklungsgeschichte*, München 1965 (1954), S. 457.

Die rasanten, stakkatoartigen Pinselschläge gehen von den relativ ruhig verhalten Zonen der Bildränder aus, um sich gegen das Zentrum hin unentwirrbar zu verknäueln. Die Stab-, Rechteck- und Trapezformen lagern oft über einem durchscheinenden Grundton, der das Aufleuchten der Farben aus dämmerndem Dunkel ermöglicht. Die Einzelformen sind so organisiert und zu grösseren Bewegungsströmen gebündelt, dass zum Beispiel eine steil fallende Diagonale vorherrscht, die in kurzen Gegenzügen und leichten Bogenformen ihr Äquivalent findet: Warum nicht bei den Grossformen Figuratives assoziieren? Wir wissen um Schaffners zeitweise Vorliebe für Hans von Marées und seine Schlachtenbilder, mit denen er sich auf Grund von Reproduktionen eingehend beschäftigte.[25] Was ihn daran interessiert, ist die Transformierung einer gegenständlichen Vorlage mit ihrer bewegten Dynamik in Nichtfiguratives, wo der Gegenstandsbezug nicht mehr ablenkt vom Eigentlichen: von den Bildstrukturen und ihren inhärenten Spannungsmomenten.

Diese Gemälde gemahnen an jene des seit 1947 in Paris arbeitenden Kanadiers Jean-Paul Riopelle. Im Unterschied zu dessen «vibrierender Farbhaut, die die ganze Fläche mit ihrer reichen Textur überzieht»[26] sowie zum «all-over» Jackson Pollocks, das ins Unendliche fortsetzbar scheint, bleiben Schaffners Bilder in sich geschlossen und nehmen exakt Bezug auf die Bildgrenzen, von denen aus sich die Formstruktur nach innen entwickelt. 1959 wird die Palette für kurze Zeit reicher und bezieht vor allem Braun-, Gelb- und Ockertöne in die Orchestrierung ein.

Walter Moeschlin vor grosser Landschaft
1959

Kunsthalle 1959
Von links nach rechts: Dr. Theler,
Frau Suter, Julia Ris, Noldi Rüdlinger,
M. Schaffner, W. Moeschlin, H. Sütterlin.

«Eine Winterreise»: 1959–1965

Um 1959/60 beginnt Schaffner mit der Tilgung der satten Farbigkeit und konzentriert sich auf eine in vielerlei Abstufungen schillernde Helldunkel-Skala von Grauwerten, in die höchstens stellenweise Braun-, Blau- oder Okkertöne einbrechen. Gleichzeitig nimmt die Bedeutung des Gestischen im Sinne des amerikanischen Abstrakten Expressionismus stark zu. Schaffner forciert die heftige Malgebärde. Er setzt Landschaftseindrücke und Stimmungsbilder in reine Evokationen momentaner Befindlichkeit um. Die Assoziationen an Reales beziehen sich nicht mehr auf die Schilderung, beziehungsweise Umsetzung geschauter Realität, sondern evozieren das Atmosphärische grauer, regnerischer, nebelverhangener Tage: Spätherbst, Winter, Regen, Wasserfall, Stadteinsamkeit und Felsen sind die nun bevorzugten Themen (Abbn. Seite 51–59). Die jetzt grossformatigeren Gemälde, die zwischen 1959 und 1965 entstehen, bilden eine Werkgruppe, die dem Künstler einen hohen Stellenwert in der zeitgenössischen Schweizer Kunst einträgt.

In einem langwierigen, immer wieder von neuem in Angriff genommenen Malprozess legt Schaffner viele, sich ständig überlagernde Schichten reich abgestufter, ergrauter Farbe auf die Leinwand. Die spärlichen Rostrot, Anthrazit, Oliv oder Orange leuchten einem Ereignis gleich auf. Blockhaft geschichtete Flächen und ausgedehnte, in helles Licht getauchte «Felder» treten in einen spannungsvollen Dialog zu breiten, balkenartigen und dunkel schweren Pinselzügen und -hieben, die das Bildfeld mit ihrer Aggressivität dynamisieren und verlebendigen: Die Balkenformen sind oft in auseinanderdriftende Bewegungen angelegt, prallen in spitzen Winkeln aufeinander, verkeilen sich zu eigentlichen Zentren der Auf-

merksamkeit oder stürzen in steilen Schrägen von den Bildrändern auf die Bildmitte zu. Der Spannungsgehalt liegt in der diametralen Gegensätzlichkeit von ruhig in sich verharrenden Flächen und Blöcken zu den ausgreifenden Balkengebilden, die unvermittelt Marken setzen, Räume aufreissen und den Bewegungsstrom rasant in verschiedene Richtungen leitet. Waagrechte Elemente, die die Bildbreite durchmessen und in ihrer ruhigen Gelagertheit sogleich Horizont und damit Landschaftliches meinen, polarisieren mit jähen Diagonalen, die das schroff bewegte Moment einbringen. Ein weiterer Kontrast besteht im unterschiedlichen Malduktus, der in sich verharrende Flächenpartien anders und subtiler behandelt als die wie hingeschleudert wirkenden Pinselzüge. Zudem verleihen Farbrinnsale und Farbspritzer dem Bild eine vibrierende Lebendigkeit, die dem Zufall und der Spontaneität das Wort reden. Die Auffassung eines dynamischen Bildraumes, der mit vor-, hinter- und nebeneinandergesetzten Tiefenschichtungen erwirkt wird, stiftet jenen ruhelos bewegten Rhythmus, der zwischen Flächigkeit und Bildtiefe hin- und herpendelt.

Werner von Mutzenbecher hat die entwicklungsgeschichtlich bedeutendste Werkgruppe Schaffners prägnant charakterisiert und zu Recht auf das Objekthafte der schweren Bildtafeln hingewiesen: «Die stetige Zerstörung der Formen, ja des ganzen Bildgefüges dient der endgültigen Erschaffung, ist Voraussetzung für den spezifischen Endzustand, Endgehalt dieser Bilder. Der grosse Reichtum der Oberfläche ist ein Resultat vieler Übermalungen – etwas, das sich von selber einstellt. Beinahe wird das Bild als Tafelbild gesprengt, wird zum Ob-

25
Siehe AUREL SCHMIDT (wie Anm. 8).
26
WERNER HAFTMANN, (wie Anm. 24), S. 487.

jekt, zum Stein, der überwachsen ist, zu etwas Naturhaftem, das organisch entstanden ist.»[27]

Mit der überwiegend auf dem Grau basierenden Farbskala und der dadurch evozierten melancholischen Stimmung, die den Bildern eigen ist, scheint Marcel Schaffner an die lokalbaslerische Tradition der sogenannten «Graumaler» um Max Kämpf anzuschliessen. Wichtiger ist die Kenntnis der allerdings farbigeren «abstract landscapes» von Willem de Kooning, die dieser seit 1955 hervorbrachte: Auch de Kooning reagierte auf Gesehenes und Erlebtes und gibt seinen Bildern entsprechend konkrete Titel. De Kooning malt eigentliche Seelenlandschaften, reine Psychogramme, wo «die bewegten Kräfte in ihrem Aufeinanderprallen die Fläche in ein apokalyptisches Spannungsfeld räumlicher und farblicher Energien»[28] verwandeln. Franz Meyer meint, dass de Koonings Bilder, «wo der gestuelle Rhythmus der Balken und Bildpläne die ursprünglich kubistische Struktur in eine weite und offene Räumlichkeit verwandelt hatte», «wie eine Offenbarung»[29] auf Schaffner wirkten. Meyer unterlässt es aber nicht, auf die grosse Bedeutung der Kunst Schaffners hinzuweisen: «Was in den Jahren um 1960, angeregt vom Geist des amerikanischen Abstrakten Expressionismus, bei beiden ‹Graumalern› entstand (gemeint ist der jüngere Werner von Mutzenbecher), macht für die Geschichte der Kunst in Basel ein Kapitel von einiger Bedeutung aus.»[30]

Schaffner selbst betont die Wichtigkeit der Impulse aus der internationalen Avantgarde, die er dank der Vermittlungsarbeit Arnold Rüdlingers in Basel authentisch empfangen kann. «Was den Anfang meiner künstlerischen Beeinflussung betrifft, ist die Zeit von Mitte bis Ende der fünfziger Jahre am wichtigsten, als Rüdlinger Konservator in Basel war. Auch die Ausstellungen der abstrakten Expressionisten von Amerika haben für mich ... grosse Bedeutung gehabt. De Kooning und Pollock waren die Hauptpersonen, die bei mir Neues ausgelöst haben, und es war für mich etwas vom Wesentlichsten an Beeinflussung.»[31]

Von «Pathos» und von «Darstellungen eines fast heroischen Freiheitsbedürfnisses»[32] ist die Rede. Da erinnert man sich an die Selbstaussage des Künstlers: «Man wird Künstler auch, um Mensch zu bleiben.» Das nicht nur individuell bedingte Diktum Schaffners, der alles andere als ein Theoretiker ist, trifft einen Kernpunkt der informellen Malerei und ihres ideologischen Hintergrundes. Die Veranschaulichung der existentiellen Erfahrungen der Welt richtet sich gegen jede Anonymität und pflegt den extremen Subjektivismus; die Malerei des Informel sei eine einzige Manifestation des Ichs und seiner Empfindungen. Die Suche nach der Identität und das Herauskehren des Innersten mündet letztlich in ein Plädoyer für die Macht des Individuums, das allen Zwängen und Einschränkungen Widerstand entgegenzusetzen hat. Georg Schmidt münzt diese sowohl aus meditativer Versunkenheit wie aus der spontanen Aktion gewonnene Haltung auf die spezifische Situation der Basler Kunst um, wenn er sagt: «Gegenüber dem rechnenden Automaten, der keinen Zufall und keinen menschlichen Eigensinn kennt, preisen die jungen Maler die Schönheit des Zufalls und des menschlichen Eigensinns. Über allem heutigen Wohlergehen aber steht die Angst vor der Selbstvertilgung der Menschheit. All dem geben in der jüngsten Basler Kunst die um Marcel Schaffner gescharten ‹tachistischen Graumaler› den direktesten Ausdruck.»[33]

Schaffners Gemälde aus der ersten Hälfte der sechziger Jahre weisen viele Merkmale der neuen Malerei aus den USA auf: die vehemente, handschriftliche Formulierung, den gestischen Malakt, die bewusst stehengelassenen Zufallsspuren spontaner Bearbeitung sowie die Abkehr von einem traditionell gegliederten Formenaufbau. Andererseits unterscheidet er sich von den Vorbildern in ebenso relevanten Aspekten: Schaffner trägt geduldig Malschicht um Malschicht auf seine Leinwand auf, die nach tage-, sogar monatelanger Bearbeitung zur lastend schweren Tafel mutiert, zum eigentlichen «tableau objet» wird. Diese Bilder voller Ablagerungen und Verkrustungen haben deshalb wenig gemein mit der momentanen Explosion, der plötzlichen Eruption, wie das beim «action painting» der Fall ist, das ganz aus dem Augenblick heraus entsteht. Zudem sind sie nicht nach dem «all-over»-Prinzip angelegt, wo den Bildrändern kaum begrenzende Funktion zukommt, die den Fluss und die Ausbreitung der Farbe hemmen. Im weiteren bleiben Schaffners Formate «europäisch» bescheiden und erreichen nie die monumentale Dimension der Amerikaner. Bei aller scheinbaren Spontaneität und Gestik bleiben Schaffners Werke kompositionellen Überlegungen unterstellt, die während den unzähligen Übermalungen stets geprüft, verstärkt, aber auch geändert und korrigiert werden. Immer spielt das Wissen um die Tektonik von Schweben und Lasten, die Betonung von Randzonen, das Herausbilden weiter Offen- oder hermetischer Geschlossenheit sowie das Steigen und Fallen von Diagonalen eine wichtige Rolle.

Geröll, Öl auf Leinwand, 1960

Collages, papiers découpés

Zu Beginn der sechziger Jahre ist das Informel in die letzten Winkel vorgedrungen und längst zur Weltsprache der Kunst avanciert. Ermüdungserscheinungen sind unausweichlich. Mit der Pop-Art setzt extreme Gegenreaktion ein. Etliche Schweizer Informelle sehen bald ein, dass eine solche Malerei «nicht nur Befreiung, sondern auch Fessel»[34] bedeuten kann, dann nämlich, wenn sie zu Routine und blutleerem Epigonentum verkommt. Die meisten Schweizer der ersten Stunde reagieren darauf und brechen zu neuen künstlerischen Ufern auf – sei dies in der Rückbesinnung auf den Gegenstand, im Suchen nach einem eigenständig individuellen Weg oder im Aufgreifen neuer Tendenzen.

Marcel Schaffner experimentiert mit neuen Techniken. Parallel zur

27
WERNER VON MUTZENBECHER (wie Anm. 1).
28
WERNER HAFTMANN (wie Anm. 24), S. 484.
29
FRANZ MEYER (wie Anm. 19), S. 180. – In der Ausstellung mit neuer amerikanischer Malerei von 1958 in der Kunsthalle Basel ist De Kooning mit fünf Gemälden aus den Jahren 1948 bis 1957 vertreten.
30
FRANZ MEYER (wie Anm. 19), S. 180.
31
BRUNO GASSER (wie Anm. 12), S. 126.
32
WERNER VON MUTZENBECHER (wie Anm. 1).
33
GEORG SCHMIDT, *Basler Malerei zwischen 1930 und 1960*, in: Jubiläumsgabe zum 75jährigen Bestehen des Schweizerischen Buchdruck-Maschinenmeister- und Stereotypeuren-Verbandes, Vereinigung Basel, Basel 1961 (unpaginiert). FRITZ BILLETER, *(Theorie als Schutz und Malerei als Wagnis. Hans R. Schiess und Marcel Schaffner in der Kunsthalle Basel,* in: Tages-Anzeiger, 10. November 1977) wird noch konkreter, wenn er schreibt: «In Wahrheit handelt es sich um Schaffners innere Räume, um Gegenbilder zu einer pfleglichen Stadt, in welcher der letzte Winkel ausgenützt, ‹kultiviert› wird.»
34
WERNER VON MUTZENBECHER (wie Anm. 1).

schweren Ölmalerei beginnt er ab 1962 mit Collagen (Abb. Seite 72): Farbige Papiere werden auf grosse Papierbahnen geklebt oder, damit es schneller geht, mit dem Bostitch auf die Unterlage geheftet. Der breite Pinsel setzt grosszügige Formen so hin, dass diese in ihrer wuchtigen Präsenz nicht nur die Akzente setzen, sondern zu den zarteren, collagierten Partien eine scharfe Spannung erzeugen. Umgekehrt können die collagierten Papierstücke bereits Gemaltes überdecken. Mit diesen Collagen gewinnt Schaffner gegenüber den schweren Bildtafeln einen härteren, abrupteren Kontrast von Hell und Dunkel, vor allem aber zeichnen sie sich durch einen hohen Grad an Lichthaltigkeit und eine unbeschwerte, geradezu muntere Poesie aus.

Hommages an grosse Meister

Bei aller Unmittelbarkeit einer Malerei, bei der sich «Tage, Monate als gelebtes Leben überschichtet»[35] und bei der es um innere Befindlichkeit geht, verdrängt Schaffner die Paradigma der Tradition nie. In einigen Werken nimmt er darauf direkt Bezug, wenn er sie ausdrücklich als «Hommages» ausweist. Über Schaffners Beschäftigung mit Edgar Degas (Abb. Seite 19) schreibt Hortensia von Roda: «Die sparsame Farbgebung und die Helligkeit im Zentrum wecken die Aufmerksamkeit und bewirken, dass sich vor den Augen des Betrachters eine Figur vom Bildgrund löst. Der Hut eines sitzenden Mannes am Tisch ist präzise erfasst, der Körper nur in den Umrissen lesbar, und dunkel verschattet bleibt die Stelle, wo man das Gesicht im Profil erwarten würde. So entzieht sich die Gestalt auf seltsame Weise, belebt aber das Umfeld. Die verschieden getönten Grauflächen verdichten sich zu erahnbaren Formen, Wolkenbildern gleich, die nicht festzuhalten sind.»[36]

Ballettszene von Degas

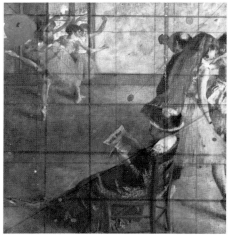

M. Schaffner nach Degas ▶

Nach Degas   Oel auf Leinwand   1965   126 × 115 cm   Museum zu Allerheiligen, Schaffhausen

20

«Vegetationsbilder»

Um 1965 gibt Marcel Schaffner die Ölmalerei ganz auf. An ihre Stelle tritt
die geschmeidigere Farbe von Gouache, Acryl oder Dispersion auf Papier.
Die einstige Beschränkung auf die
malerisch zwar durchaus reiche Monochromie der Grauwerte macht jetzt
einer eigentlichen Entdeckung der
satten, leuchtenden Farbe Platz (Abb.
Seite 79). Gleichzeitig versagt sich
Schaffner die balkenartigen, verkeil-
ten, blockhaften Strukturen und setzt
an ihre Stelle das freie Wuchern,
Wachsen und Spriessen vegetabiler
Formen, die in ihrem organischen
Rapport nicht nur bildfüllend sind,
sondern die Grenzen mit ihrer kei-
menden Potenz zu sprengen drohen.

Die Bilder von 1967 sind angefüllt
«mit üppigen, ineinander verzahnten
Formen von einer alles verschlingen-
den Pflanzlichkeit»[37]. Die Formver-
schlingungen, alternierenden Überlagerungen und kreisenden Wirbel grü-
nen nicht wie ein regelloser Urwald,
da ordnende Elemente wie Vertikalen
emporschiessender Pflanzenstengel
der Komposition Halt verleihen. Zu-

Wandbilder

dem bewirkt die repetive Wiederho-
lung gleicher oder ähnlicher Elemente
eine strukturelle Disziplinierung. Bei
diesen Bildern einer starken, sinnli-
chen Präsenz erscheinen die haupt-
sächlichsten Elemente in der aller-
vordersten Bildschicht. Trotzdem ist
eine vielfach in die Tiefe gestaffelte
Bildräumlichkeit   Wesensmerkmal:
Wie durch ein Dickicht hindurch trifft
der Blick immer wieder auf weiter Da-
hinterliegendes, bis er auf die unauslotbaren Gründe strahlenden Lichts
trifft.

Am Wasser

Baum

Polaroids in Kästchen und «Zeitkästen»

Den scheinbar schärfsten Bruch innerhalb der ganzen Entwicklung markieren die sogenannten «Kästchen» und «Zeitkästen», die zwischen 1969 und 1974 entstehen (Abb. Seite 76). Der «begabteste, instinktsicherste Maler schien sein Metier verlassen zu haben»[38] und gibt scheinbar über Nacht die grosszügigen, lebensvollen und farbenprächtigen «Vegetationsbilder» auf. Eigenwillig reagiert Schaffner auf den gegen Ende der sechziger Jahre vollständig veränderten Kontext aktueller Strömungen, die mit der Minimal-Art, der Concept-Art und der Land-Art die traditionellen Gattungen grundsätzlich in Frage stellen. Schaffner erlebt eine künstlerische Krise. Wenn er es vorzieht, in seinem kompromisslosen «Drang zur Unabhängigkeit», «sich in Schweigen zu hüllen und Abstand von der künstlerischen Szene zu nehmen, wenn er sich nicht mehr angesprochen fühlt»[39], so mag solches zwar zutreffen auf das Abstandnehmen von Pop- und Op-Art[40], nicht aber auf die Land-Art, die ihn faszinierte.[41]

Die Kästchen sind das Resultat der Auseinandersetzung mit Phänomenen der Land-Art. Mit der Polaroidkamera fotografiert Schaffner banale, alltägliche Dinge wie Landschaften, die Wände des Ateliers, Staffeleien, Heizkörper, alle möglichen kleinen Dinge, die er eigens zu diesem Zweck zusammenträgt und arrangiert. Dann bearbeitet er diese Fotos; er überstreicht sie mit schwarzer Farbe oder zerschnipselt sie und montiert sie dergestalt in die Kästen. «Eine eigenartig dialektische Haltung: Vergangenes wird festgehalten, gezeigt und auch wieder zerstört, Raum wird gegeben und genommen, das Ganze mehr Bild als Plastik, mehr Spurenverwischung als Spurensicherung. Diese Kästchen wirken arm und

Zeitkasten, Polaroidphotos, übermalt, in Holzkasten 1969-73

kahl – auf schönes Beiwerk, auf Farbe wurde fast ganz verzichtet, hier wird Vergangenheit nicht verklärt, eher als ein Stück Lebensabfall gesehen und in völliger Nacktheit hingestellt.»[42] Mit diesen kargen, völlig unmalerischen «Zeitkästen» bewegt sich Schaffner im Kontext von Land-Art, Arte povera und jenen «individuellen Mythologien», die an der documenta von 1972 in Kassel ihre internationale Beachtung finden.

35
FRITZ BILLETER (wie Anm. 33).
36
HORTENSIA VON RODA, *Marcel Schaffner: Nach Degas*, in: *Museum zu Allerheiligen Schaffhausen. Katalog der Gemälde und Skulpturen*, (Schweizerisches Institut für Kunstwissenschaft. Kataloge Schweizer Museen und Sammlungen 13), Schaffhausen 1989, S. 254.
37
Siehe MARTIN SCHWANDER, *Marcel Schaffner, Afrika, 1967*, in: Kunstwerk des Monats aus der Sammlung Bankverein.
38
WERNER VON MUTZENBECHER (wie Anm. 1).
39
MARCEL JORAY, *Peintres Suisses, Schweizer Maler*, Neuchâtel 1982, S. 169.
40
Schaffner trifft sich hier mit Arnold Rüdlinger, der aus seiner Abneigung gegenüber der Pop-Art nie einen Hehl machte.
41
In der Aufsehen erregenden Ausstellung «Veränderungen aller Art» der Kunsthalle Basel von 1969 spannt Schaffner quer durch den Raum eine Vielzahl von Schnüren. Siehe Ausst.-Kat. *Veränderungen aller Art*, Kunsthalle Basel 1969.
42
WERNER VON MUTZENBECHER (wie Anm. 1).

Zeitkasten, Polaroidphotos, übermalt, in Holzkasten 1969–73

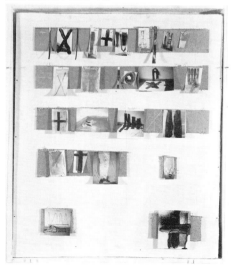

Zeichenbilder

Die Werke aus der Mitte der siebziger Jahre muten in der Rückschau an wie ein einziger befreiter Aufschwung nach den Jahren der Krise und Verunsicherung. Ein übergangsloses Anknüpfen am Schaffen der sechziger Jahre scheint nicht mehr möglich. Zwar besinnt sich Schaffner wieder auf seine Qualitäten als Maler, bringt aber eine Werkgruppe hervor, die Neues und Überraschendes beinhaltet (Abbn. Seite 108–113). Schwarz, erdiges Braun oder wie Blut gestocktes Rot überziehen in monochromer Stille, aber wolkenartigen Verschleierungen und Verwischungen die Bildfläche und machen sie dadurch weiter, als sie eigentlich ist. Über diese Farbgründe zieht Schaffner ein grosszügig angelegtes und den ganzen Raum durchmessendes Strichgebilde, das in seiner monumentalen Erscheinung und in der festlegenden Präzision als «Zeichen» auftritt. Diese fragilen Spuren einer Erkundung im Raum scheinen wie eingeritzt, sind Markierungen, die die Fläche gleich Wunden oder Narben aufbrechen und verletzen. Diese «Zeichen», die in ihrer kalligraphischen Präsenz in einen spannungsgeladenen Diskurs mit der reinen, allein aus der Farbe gewonnenen Malerei treten, mögen nichts anderes sein als Orientierungshilfen für eine innere Geographie. Im Unterschied zur Schwere und Wuchtigkeit oder zur üppigen Farbenpracht früherer Werkphasen kommen die «Zeichenbilder» krud und spröd daher, beziehen ihre Intensität aus der zeichnerischen Grossartigkeit der «Zeichen» sowie aus dem Numinosum der unauslotbaren Farbengründe.

Zu den neueren Werken

Zu Beginn der achtziger Jahre findet Marcel Schaffner zur gestuellen, aktionsgeladenen Malerei zurück. Über Jahrzehnte erarbeitete Erfahrungen und das genaue Wissen um das künstlerische Ziel wirken sich zu Gunsten einer Malerei aus, die überaus «jung» und frisch auftritt (Abbn. Seite 82–89). Ohne Zweifel wird die neu erwachte Lust an einer ausufernden und trotzdem beherrschten Malerei gefördert oder besser: bestärkt und bestätigt durch das gleichzeitige, grundlegend veränderte Kunstverständnis, das eine neue, junge Künstlergeneration mit expressiver, figurativer Malerei propagiert. Schaffner, der schon immer sensibel auf neue Tendenzen reagierte und seine Schlüsse daraus zog, bringt nun eine neue Malerei hervor, die trotz ihrer Aktualität in manchem Aspekt an die frühen Werke aus den fünfziger Jahren gemahnt.

Ohne Titel 1986

Die mit dem breiten Pinsel schnell hingezogenen, scharfen Konturen bewegen sich nicht selten in «barocken» Kurven und Schlingen und evozieren eine Figuration hektischer, fast ekstatischer Dynamik. Sie umschliessen und überlagern eine intensive Farbgebung, in der oft ein sattes Rot oder giftiges Gelb aufleuchtet. Trotz der Aggressivität, trotz kantig splissiger Formen und trotz der wirbelnden Unruhe und nervösen Vielgliedrigkeit bezieht jedes einzelne Element seine Berechtigung und seinen Einsatz aus dem Vorausgegangenen oder: Auf sog- und strudelartiges Kreisen antwortet die beruhigende Tektonik von fest Gebautem; die hingehauenen Pinselhiebe korrespondieren in nächster Nachbarschaft mit zart lasierten Flächen, oder das Insistieren auf bestimmte Partien mit vielerlei Vergatterungen und Überspannungen steht unmittelbar neben der in sich verharrenden, hermetischen Fläche – jede Aktion fordert die Gegenreaktion.

Ohne Titel 1986

Ohne Titel 1989

So erweist sich Marcel Schaffners Malerei als ein steter Kampf, als ein fortwährendes Zerstören von Festgelegtem, um daraus neuen Nutzen zu ziehen, oder als ein mühevolles Fortschreiten von einer einmal getroffenen, dann wieder verworfenen und schliesslich neu zu findenden malerischen Entscheidung. Die ganze Intention zielt auf das Hervorbringen von Bildern, die in ihrer Abstraktion die unkontrollierte Gestik spontanen Zugriffs einbindet in Überlegungen der Komposition und des labilen Gleichgewichts von Spannung und Ruhe, von Monochromie und Farbigkeit, von Zweidimensionalität und Räumlichkeit, von Zentrum und Peripherie. Die Bilder dieser Jahre bedeuten nichts weiter als eine aus Malerei gewonnene Malerei, die allein auf sich selber verweist. Es sind «unmittelbare Existenzkundgaben dessen», der «diese Bilder hervorgebracht hat» oder: «L'art pour l'art in seiner tragischsten Ausprägung»[43] Es sind gleichsam überprüfte Psychogramme, die im steten Hinterfragen zu Bildern werden, die als Manifestationen des freiheitlichen Gedankens schlechthin gelten mögen und dem Betrachter ein breites Spektrum an Assoziationsmöglichkeiten offenhalten.

Gerade bei den jüngsten Gemälden ist abzulesen, wie Schaffner Gesehenes und Erlebtes – das derart verinnerlicht wird, dass es jederzeit und überall abzurufen ist – in seine «Darstellungen» einfliessen lässt. Seit vielen Jahren hält sich Schaffner zumeist zur Sommerzeit in Spanien auf. Die bizarren, wie Elefantenfüsse aufragenden Felsformationen, die er von seinem Fenster aus sehen kann, und die irdenen, riesigen Vasen mit ihren bauchigen, raumverdrängenden Volumina faszinieren ihn ungemein. Beide «Motive» finden in den neueren Gemälden Verwendung, wobei die Proportionen so verschoben werden, dass die Gefässe und Kübel gleichgewichtig neben die Felsgebilde treten. Im unvermittelten Aufeinanderprallen der getöpferten, ebenmässigen Krü-

43
FRITZ BILLETER, *Galerie Noser: Marcel Schaffner,* in: Tages-Anzeiger, 26. März 1988.

In Spanien

ge mit den wilden Felsen der Natur sieht Schaffner eine Polarität, die es im gemalten Raum herauszuarbeiten und zu potenzieren gilt. Die monströsen, manchmal in Aufsicht gegebenen Krüge und die spitzkantigen Felsen bilden die Fixpunkte innerhalb der Bildanlage. Nach ihnen organisiert und richtet sich der weitere Einsatz am Bild. Die Farbe trägt das ihre zur Dynamik und Wuchtigkeit bei: Giftig aggressive, «unmotivierte» Gelboder Olivtöne beunruhigen die vornehmlich in erdigem Braun, Ocker und Grau gehaltene Komposition.

Es ist in erster Linie die zeichnerische Präsenz der bezeichnenden schwarzen Pinselzüge, die jenen Halt verleihen, der wie ein einmal festgelegter Rahmen dem Übrigen jede Freiheit offenlässt. Die Grossformen der Gefässe und Felsen, die manchmal derart monumental sind, dass sie die Bildgrenzen zu sprengen drohen, leiten in ihrer rhythmischen Aufreihung, die die Fläche gliedert, den Bewegungsstrom von links nach rechts; zudem evozieren sie im steten Vor- und Zurückstaffeln einerseits eine knappe Räumlichkeit, andererseits eine transparente Durchlässigkeit, in der sich die Farbschichten frei ergehen.

Schaffners Bilder sind alles andere

denn Idyllen. In der Monstrosität der Formen und in der splissigen Rauheit erwecken sie den Eindruck schwer lastender, irdischer Gebundenheit. An den Vasen und Krügen interessiert im weiteren das Phänomen ihrer Raumbeanspruchung und -verdrängung. Im übertragenen Sinne sind das exakt jene malerischen Probleme, um die es dem Künstler letztlich geht: um die dialektische Auffassung, dass das Eine das Andere bedingt.

Von den «zeichnerisch» bewältigten und hingeworfenen Grossgebilden, die während dem komplexen Arbeitsprozess ständigen Änderungen unterworfen sind, arbeitet Schaffner fortwährend vom Grossen ins Kleinere und Kleinste. Bei jedem neuen Pinseleinsatz bleibt die ausgreifende Gestik wichtig, die einmal hier, ein anderes Mal dort blitzschnell ihre Spuren hinterlässt. Schaffner hat seine Formate nie grösser gewählt, um mit jedem Hand- und Armschwung jede Stelle im Bild ohne Standortwechsel

Farbkübel

zu erreichen und zu bearbeiten. Der langwierige Malvorgang, der vielerlei Stockungen unterworfen ist, erheischt Geduld, ein Abwarten und Überprüfen – oft sogar monatelanges Wegstellen der Leinwand, um aus zeitlicher Distanz neu zu beginnen –, bis jener Moment erkannt ist, wo von Finalität gesprochen werden kann.

Schaffners Aufmerksamkeit für kompositionelle Eingriffe und Korrekturen, für Koordinaten, die der Unruhe und Hektik Einhalt gebieten, konzentriert sich oft auf die vertikale Zweiteiligkeit der Bildfläche, die dadurch in ein linkes und ein rechtes Feld geteilt wird. Eine hier aufgeworfene Frage erzwingt dort eine Antwort. Anderes wieder bezieht sich auf die räumliche Disposition. Die perspektivische, durch viele Staffelungen erreichte Tiefenillusion wird stets zurückgenommen und dadurch in Frage gestellt. Die neueren Bilder, die – wie sein gesamtes Œuvre – gegen jede Harmlosigkeit und Unverbindlichkeit ankämpfen, weisen neben der erdig braunen Farbgebung oft einen dunklen, blauen, im Kontrast von Schwarz und Weiss aufgehobenen Farbklang auf: Es sind eigentliche Nachtbilder.[44]

44
Siehe Anm. 7.

Arbeiten auf Papier

Im Unterschied zu den mit Acryl oder Dispersion gemalten Bildern, wo sich die Farbe flächendeckend ausbreitet, lassen die vielen, unablässig und parallel zu den repräsentativeren Gemälden hervorgebrachten Arbeiten auf Papier dem Weiss des Bildträgers enorm viel Spielraum (Abbn. Seite 132–147). Auch hier geht es, obwohl Schaffner mit der frei fliessenden Farbe spontaner und unbekümmerter umgeht, um das stete Entscheiden über Einsatz und Gestalt von Zeichnung und Farbe und die jeweiligen Reaktionen auf einmal Festgelegtes. Auf den kleineren Papierbögen arbeitet Schaffner mit bunteren Farben, um der Wirkung und Spontaneität im Grossformat ein Äquivalent entgegenzusetzen: Starke Rot, Gelb, Blau und Orange treten mit satten schwarzen Pinselzügen in einen Dialog. Nicht selten ist den grossen Farbzügen und -flecken eine kritzelnd vage, subtile Bleistiftnotation unterlegt. Die Offenheit und Grosszügigkeit hat mit der Disposition des Gemalten innerhalb des Blattgeviertes zu tun, wo das stehengelassene Weiss des Blattes schier unendliche Weite evoziert. Nicht selten sind die schnell hingeworfenen Farb- und Formkonstellationen gleichsam einem machtvoll über die ganze Blattbreite ausgreifenden, gebogenen breiten Pinselstrich unterstellt. Die Grosszügigkeit dieser Geste assoziiert sogleich den tiefen Horizont mediterraner Landschaft oder: das Freiheitliche schlechthin.

Mit Bernd Völkle 1991

Mit Frida und Freunden (Mutzenbecher, Ivonne, Fehlbaum, Sandro Bocola, Claudia Bocola)

Introduction

When the name of Marcel Schaffner crops up in conversation, one always senses the respect and admiration in which he is held. In personal and artistic term he has gained a measure of recognition which is out of all proportion to what the wider public, beyond the narrow circle of friends and colleagues, has so far learned from his exhibitions and critical reception. Certainly, no account of the Swiss encounter with Tachisme and Abstract Expressionism would fail to mention him, and no synoptic exhibition on the same theme could be without one of his works. But, unlike other artists of the same generation of young hopefuls, Schaffner always stayed in the background, though in no sense forgotten or passed over, but turned in on himself and silent when for long periods there was nothing to say.

Until recently, the retrospective at the Kunsthalle, Basle, in 1977, accompanied by a slim catalogue expertly annotated by fellow artist, and later teaching colleague, Werner von Mutzenbecher[1], was the only "external highpoint" of an unspectacular "career". Apart from that, it was galleries in Basel and Zurich which showed new series of works. Critical commentary on his work was confined largely to the ephemera of press reviews or monographs (see Bibliography, p. 158): brief sketches, tentative evaluations and impressions, though not lacking in valuable ideas and key statements based on conversations with the artist.

The present monograph is the first attempt to document Marcel Schaffner's oeuvre from the earliest beginnings to the present day and evaluate it in the light of previous written commentaries and above all on the basis of an analysis of the works themselves. For an artist who from the outset had been hailed euphorically "as one of the best Swiss painters of his generation"[2] and who went on doggedly to pursue an artistic course that was marked by several changes of style and included a profound crisis of artistic identity, a course he continues resolutely to pursue, it is particularly appropriate to present the ensemble of his work, in a single – if somewhat abbreviated – synoptic study.

Marcel Schaffner has always been "quiet in the land". His strength and energy has always – if at all – been invested in his art. This is not to say that he has lived his painting in unworldly and ascetic solitude. On the contrary: he was always alert to new currents, to the unexpected, and able to respond to disapproval – never noisily, forcefully or in anger, but quietly, thoughtfully, critically. Those who know him better are more than ready to emphasize his human qualities and traits: the self-imposed, absolute will "evident in the total commitment of his life and work"[3], his great honesty towards himself and his artistic activity, the tolerance – "bordering on philosophical stoicism" – of his attitude and his way of "standing above things", his unshakeable inner calm and freedom"[4], his yearning for independence and "silence and withdrawal when his work was not in demand"[5].

1
WERNER VON MUTZENBECHER, in exhibition catalogue: *Marcel Schaffner*, Kunsthalle, Basel 1977; reprinted in: Kunst-Bulletin des Schweizerischen Kunstvereins, vol. 3, March 1978, pp. 2–5.
2
EDUARD PLÜSS/HANS CHRISTOPH VON TAVEL (ed.), *Künstler-Lexicon der Schweiz. XX. Jahrhundert,* vol. 2, Frauenfeld 1958–1967, pp. 839–840.
3
WERNER VON MUTZENBECHER (see Note 1).
4
SIEGMAR GASSERT, *Marcel Schaffner (Kunstsommer IV),* in : Basler Zeitung, no. 211, 10 September 1986.
5
WERNER VON MUTZENBECHER (see Note 1).

"One also becomes an artist to remain human"

Over and above all this characterizing, the above statement once uttered by Schaffner – and hardly the result of careful reflection, but perhaps for that very reason a striking notion – advances almost to the status of a guiding principle. The phrase is often quoted[6] to illustrate the iron resolve with which Schaffner resists external pressures and bourgeois complacency.

Marcel Schaffner never had it easy with the traditional educational values of Basle. He came from a humble background[7] and had to rely on his own resources to acquire education, knowledge and a perception of himself. The fight to gain acceptance for his ideas, also in adverse circumstances, and the struggle that often entailed, left a lasting impression on him, but they also taught him to make decisions early and alone.

After spending his childhood and schooldays in Basle, he moved to Western Switzerland when aged about 15 at the end of the Second World War; but he returned soon afterwards to his native city. At the age of 16 he started to paint. "Surprisingly, it was literature which provided the initial impulse. He read Dostoyevsky, and the story made an enormous impression on him. It evoked certain colours, colours which made him think of suffering."[8] In 1948/49 Schaffner attended a foundation course at the Basle School of Arts and Crafts (Allgemeine Gewerbeschule). He reacted to the insistence of his parents that he learn a "solid" trade (if he had to do something artistic then at least it should be graphic art) by taking the opposite course. He did casual work to earn his keep and had a job with an oriental carpet dealer. He now began to paint in earnest, with relentless intensity and the "unshakeable conviction that 'it will either work out or it won't'"[9]. There followed long years during which Schaffner focused all his energy on a single goal, years in which he taught himself about modern painting, above all Expressionism, from reproductions. In 1951 he travelled to Italy, visited the museums and lived the life of a young and hopeful artist among like-minded peers.

After returning to Basle, Schaffner became disillusioned and his work began to falter. But as early as 1952 he found his first support in the "Ulysses" group founded that year – a loosely constituted group of writers, students, lawyers and artists[10], which had its own rooms to meet in and – from 1956 on – hold exhibitions, concerts and readings[11].

His knowledge, still far from complete, of the basics of art and the search for new stimulation prompted him to take a second course at the School of Arts and Crafts in Basle. From 1953 to 1956 he studied painting under Martin A. Christ and drawing under Walter Bodmer. Schaffner travelled to Spain and Morocco (1953 and 1955). These were crucial years: he produced his first works of note and the inspiration drawn from the world around seemed like one continuous revelation. Schaffner left college without a diploma, but with an absolute conviction as to where his future lay. Now a freelance artist, he felt on the verge of a new beginning, a mood that carried him and to which he made a significant contribution.

Basle's traditions …

Schaffner made a thorough study of the artistic traditions of Basle, so his work takes its rightful place in this strand of development. The more recent tradition traces its roots back to Arnold Böcklin, who "deeply impressed" Schaffner[12]. It was against the dominance of the so-called "dark-tone" painters such as Jean-Jacques Lüscher, Numa Donzé and others that the Gruppe "Rot-Blau" (Red-Blue Group) expressed themselves so vehemently through their Kirchner-inspired Expressionism. At first, Schaffner took his direction from "Rot-Blau" artist Albert Müller, though he felt closer to pre-Expressionism, whose use of flat colour zones derived from Louis Moilliet[13]. Of the "Gruppe 33" artists, Schaffner felt most drawn to Walter Kurt Wiemken, whom he found "very absorbing"[14].

Along with the more important, and still extant, "Gruppe 33", the Basler "Graumaler" ("Grey Painters": a group within "Kreis 48" – Circle 48 – comprising Max Kämpf, Karl Glatt, Gustav Stettler, Joos Hutter) were the basis of the contemporary art scene in Basle in the early 1950s. Initially, it was Max Kämpf who made a lasting impression on the young Schaffner around 1948/49. "I met Max Kämpf when I was seventeen or eighteen. He was the first real painter with whom I became closely acquainted and spent a lot of time. At first he also had a certain artistic influence on me (only briefly), though on a personal level his influence was quite strong. Talking to him, sometimes right through the night, I gradually became aware of a personality who was to become a role model. Not in the sense of imitation; but through my encounters with him I gained a measure of independence. The time I spent in his company and the discussions I had with him were among the most important experiences of my formative years."[15]

...and the international avant-garde

In autumn 1955, Arnold Rüdlinger took over as director of the Kunsthalle, Basle. His commitment to showing international contemporary art dated back to his period at the Kunsthalle, Berne. His Bernese trilogy "Tendances actuelles" was an innovative milestone: In 1952 and 1954 he showed works by leading representatives of the Ecole de Paris; the third show in 1955 gave a first airing to works by the Americans Jackson Pollock, Sam Francis and Mark Tobey[16]. After the Second World War, the slow reawakening of interest in new American art and initially hesitant promotion in Europe got a big boost from the travelling show "12 Contemporary American Painters and Sculptors". In

6
WERNER VON MUTZENBECHER (see Note 1). In the title of his article about the artist quoted by BRUNO GASSER, Marcel Schaffner. "Man wird Künstler auch, um Mensch zu bleiben", in Basler Woche, 7 October 1983.
7
His father was a chimney sweep. In a conversation with the author, Schaffner mentioned this fact to suggest that the recently created soot-black "night paintings" perhaps hark back to his father's profession.
8
AUREL SCHMIDT, Abbilder des Inneren, in Basler Magazin, no. 44, 1 November 1980, p. 9.
9
BRUNO GASSER (see Note 6).
10
Sandro Boccola, Fritz Billeter, Peter Noll, Andi Linn, René Brack, Theo Gerber, Marcel Schaffner.
11
In 1953 Max Frisch read there from "Don Juan or the Love of Geometry", well before the premiere on 5 May 1953 at the Zurich Schauspielhaus.
12
BRUNO GASSER, 40 Basler Künstler im Gespräch, Basel 1984, p. 126.
13
See BEAT STUTZER, Albert Müller (1897–1926) und die Basler Künstlergruppe Rot-Blau. Mit einem kritischen Katalog der Gemälde, Glasscheiben und Skulpturen, (Schweizerisches Institut für Kunstwissenschaft: Oeuvrekataloge Schweizer Künstler 9), Basle/Munich 1981; BEAT STUTZER, Von Böcklin bis zur "Gruppe 33" (Eine Skizze), in Gruppe 33, Editions Galerie "zem Specht", Basle 1983, pp. 11–19.
14
"But this did not influence me artistically, since his style is quite different from mine. Perhaps that is what fascinated me." (BRUNO GASSER [see Note 10], p. 126.)
15
BRUNO GASSER (see Note 10), p. 126.

Rüdlinger it kindled an enthusiasm he would never lose. For enlightenment he went first to Paris, where he visited Sam Francis and was greatly impressed by the new "all-over" principle, the large-scale of the canvases and dramatic gestures of the painting. In 1957 Rüdlinger made his first, now legendary, trip to the United States: the result was the major double exhibition: the first comprehensive Pollock show plus "New American Painting", shown at the Kunsthalle, Basle, in spring 1958[17]. Rüdlinger's commitment to the New and enthusiastic championing of the unfamiliar were major factors in the purchase of four works by Mark Rothko, Barnett Newman, Franz Kline and Clyfford Still by the Schweizerische National-Versicherungsgesellschaft (insurance group) in Basle. The canvases were donated to the Basle Museum of Art and were a sound basis on which to build a contemporary art collection which was ahead of its time[18].

Rüdlinger was important for Schaffner not only as a publicist of new art from the USA, but also on a personal level as a friend. As earlier in Berne, Rüdlinger's "committed personality, his close contact with artists, his belief in the New and combative spirit were crucial qualities. In many respects, his term of office in Basle also heralded a new era for art in Basle"[19]. As director of the Kunsthalle he promoted, inspired and spurred on young talents, attempted to act as a mediator, bringing the new ideas generated through contact with the international art scene to public attention. There was soon a loosely-formed group of young painters who were greatly animated by the mood of a new departure and the contemporary Basler art scene. Schaffner was soon the centre of this "scene" which also counted Lenz Klotz, Matias Spescha, Rolf Iseli, Samuel Buri, Werner von Mutzenbecher, Bernd Völkle, Hans Remond, Niklaus Hasenböhler, Paul Suter, Michael Grossert among its numbers. "It is no coincidence that Schaffner should have exercised such a fascination for so many artists. He was a natural leader among his peers and younger colleagues[20]." In 1961 Rüdlinger mounted an exhibition entitled "19 young Basle artists", featuring work by those of his "protégés" born between 1925 and 1935. The works were "astonishingly original and personal formulations", notwithstanding the fact that "de Staël, Tal Coat and certain American artists had been their spiritual forebears"[21].

Schaffner gained early acceptance not only among fellow artists but in interested sections of public opinion. He too featured in the now celebrated August 1959 issue of the magazine "du": published by Manuel Gasser and entitled "Die dunklen Pferde" ("The Dark Horses"); it profiled 42 then unknown Swiss artists, rank outsiders, of whom no one knew whether they would win through. And so it was that many of these young talents did not live up to their early promise and were unable to sustain the dynamic new departure into unexplored artistic territory. Schaffner is one of the few who, thanks to his creative potency, was able not only to survive, but to remain a pivotal figure to the present day.

First work series: 1956–59

When Marcel Schaffner said: "I have never painted an abstract picture"[22], it may, at first glance, seem a surprising assertion. But less so when one knows that he worked from concrete images, as well as real and experienced landscapes, which are invoked to crystallize elements of tension and formal drama. A journey to North Africa (1956) inspired the canvas entitled *Morocco* (Fig. page 45). With this work Schaffner achieved, in the mid-fifties, a high degree of abstraction. The landscape is made up of flat areas of unbroken colour. Objects such as houses, roofs, trees and fields are fragmented and reduced to simple forms – right angles, trapezia and ovals. The rhythmically arranged colour areas constitute, in their cheerful vividness, a well-ordered composition, which derives its fascination from the interaction between formal elements and various luminosities. The role of Louis Moilliet and Albert Müller as exemplars has already been mentioned.

In 1957 the publisher Marcel Joray organized a show entitled "La peinture abstraite en Suisse" for the Musée des Beaux-Arts in Neuchâtel. It was the first overview of abstract painting in Switzerland after 1945. The following year, a modified, cut-down version was put on at the Winterthur Museum of Art. The catalogue text had an initial appraisal from the director of the Basle Museum of Art; he distinguished three directions in nonfigurative art: the "Geometrics" (the Zurich Concrete artists and related Constructivist currents), the "Tachistes" and those "in between"[23]. For Schaffner these shows came a year too early. He had not yet been noticed, or rather: his painting, in 1957, still leaned too heavily towards figuration and its translation into a rhythmic pattern of colour chords. Nicolas de Staël's influence on the style adopted by Schaffner after 1956 is often cited: in the landscapes, still-lifes and figurative paintings which are built up using large colour patches, "in which the isolated, equivocal hints at the concrete forms of naturalistic painting develop into colourful tonal figures of exquisite quality"[24].

Soon after (1957/58) Schaffner gave up geometric objective forms. From then on, too, he used a single major colour key: deep black, green, yellow, blue or Bordeaux red dominate his work. Many short, boldly executed bars, cords and stripes traverse the field. These are overlayed and interwoven over the whole surface and applied impasto with the palette knife so that the material itself has a sculp-

16
See JEAN-CHRISTOPHE AMMAN/HARALD SZEEMANN, *Von Hodler zur Antiform. Geschichte der Kunsthalle, Bern,* Berne 1970; MARCEL BAUMGARTNER, *L'Art pour l'Aare. Bernische Kunst im 20. Jahrhundert,* Berne 1984, p. 225–265
17
See *Amerikanische Kunst von 1945 bis heute. Kunst der USA in europäischen Sammlungen,* ed. Dieter Honisch/Jens Christian Jensen, Cologne 1976; *Die Geschichte des Basler Kunstvereins und der Kunsthalle, Basel 1839–1988. 150 Jahre zwischen vaterländischer Kunstpflege und modernen Ausstellungen,* Basel 1989, p. 225–229, 234–237.
18
See FRANZ MEYER, *Arnold Rüdlinger und die amerikanische Kunst,* and EBERHARD W. KORNFELD, *Rüdlingers Reise nach New York 1957,* both in *Amerikanische Kunst von 1945 bis heute,* (see Note 15), pp. 114–116, 116–119.
19
FRANZ MEYER, *Die Kunstszene Basel 1950–60. Vorbilder und neue Impulse,* in: Gruppe 33, Editions Galerie "zem Specht", Basle 1983, p. 180.
20
WERNER VON MUTZENBECHER (see Note 1); see also FRANZ MEYER (see Note 19), pp. 181–182.
21
ARNOLD RÜDLINGER, in catalogue *19 junge Basler Künstler,* Kunsthalle, Basel, 1961. Besides some sculptors and the constructivists Paul Talman and Maria de Vieira, the exhibition comprised painters whose interest lay in Tachisme and Abstract Expressionism: Wolf Barth, Samuel Buri, Theo Gerber, Niklaus Hasenböhler, Konrad Hofer, Lenz Klotz, Werner von Mutzenbecher, Philippe Pilliod, Bruno Müller, Bernd Völkle.
22
…and the author – AUREL SCHMIDT (see Note 8) – who quoted the artist on this, adds by way of justification: "because every one of his canvases is created directly out of autobiographical necessity".
23
See HANS-JÖRG HEUSSER, *Kunst in der Schweiz 1945–1980,* in: HANS A. LÜTHY/HANS-JÖRG HEUSSER, *Kunst in der Schweiz 1890–1980,* Zurich/Schwäbisch Hall 1983, p. 78.
24
WERNER HAFTMANN, *Malerei im 20. Jahrhundert. Eine Entwicklungsgeschichte,* Munich 1965 (1954), p. 457.

tural quality. Each of these bold marks forms a heavy, crusty layer on the ground. The multiple layers of interlocking, rapidly changing colour tones evoke a pulsating space, a perpetual, agitated to and fro. The mostly diagonal alignment of the brushstrokes and their constant, acutely angled collisions generate a feverish turbulence and dynamism. The rapid, staccato strokes emanate from the relatively quiet marginal zones, forming an inextricable tangle towards the centre. Often the bars, rectangular and trapezoid forms are layered over a ground tone, creating a translucent effect, with the colours shining out of approaching dark. The different shapes are arranged and bundled into larger streams of movement in such a way that, for instance, a dominant, steeply descending diagonal finds a complement in short counter strokes and light arch forms: why not search for figurative associations in the larger forms? We know of Schaffner's liking for Hans von Marées' depictions of war, reproductions of which he studied in detail[25]. What interested him was the translation of a figurative theme with its dynamic movement into a non-figurative image, where the representational no longer distracts from the essential: the pictorial structures and their inherent tensions.

These canvases recall those of the Canadian painter Jean-Paul Riopelle who has worked in Paris since 1946. In contrast to his "vibrant colour skin which covers the whole surface with its rich texture"[26] and the "all-over" approach of Jackson Pollock, which seems capable of stretching into infinity, Schaffner's pictures remain self-contained and have an exact relationship with the edges of the picture, from where the formal structure develops inwards. In 1959 the palette briefly becomes richer, bringing above all brown, yellow and ochre tones into the orchestration.

"A winter journey": 1959–1965

Around 1959/60 Schaffner began to discard rich colours and concentrate on the myriad gradations of shimmering light and shade in the grey scale, with the occasional intrusion of brown, blue or ochre hues. At the same time, the importance of gesture as found in American Abstract Expressionism increased greatly. Schaffner insisted on powerful expressive gestures. He used impressions of landscapes and atmospheric images in pure evocations of transient presences. Real associations no longer draw on description or interpretation of observed reality, but evoke the atmosphere of grey, rainy, mist-shrouded days: late autumn, winter, rain, waterfall, urban solitude and rocks are now the preferred themes (Figs. page 51–59). The work he produced between 1959 and 1965 – by now large-scale canvases – earned him a prominent place in the pantheon of contemporary Swiss art.

In a protracted working process, restarting over and over again, Schaffner covers the canvas with numerous layers, one overlaying another, of richly graded, greyed colours. The sparse rust-red, anthracite, olive or orange shine forth as though an event were taking place. Areas layered in blocks and extensive "fields" immersed in bright light engage in a tense dialogue with broad, girder-like strokes and dark, heavy brushwork which energize and reinvigorate the pictorial field with their aggressiveness: the girder forms often seem to be in movement, drifting apart, colliding at acute angles, becoming wedged so that they form focal points or plummet in steep slants from the edge of the canvas towards the centre. The tension is created by diametric opposition of calm, silent surfaces and blocks, and the outwardly reaching girder structures, which abruptly make marks, open up spaces, channel the flow of movement in various directions. Horizontal elements which travel over the width of the picture and in their quiet bedded quality signify both the horizon and therefore landscape, polarize with precipitous diagonals which introduce the jagged momentum. Another contrasting element is that of the differing artistic approach that is evident in his more subtle treatment of the quiet flat areas and the brushstrokes which seem almost to have been hurled onto the canvas. Moreover, the runs and splashes of colour give the picture a vibrant liveliness, expressive of serendipity and spontaneity. The perception of a dynamic spatiality, created by the three-dimensionality of layers placed before, behind and beside one another, is the origin of the restless rhythm which oscillates back and forth between the impression of flatness and depth.

Werner von Mutzenbecher put things in a nutshell when describing the group of works which are the most significant in Schaffner's artistic development, accurately drawing attention to the figurative connotations of the heavy compositions: "The constant destruction of forms, of the whole pictorial structure, serves the ultimate creation, is a precondition for the specific final form and content of these paintings. The richness of the picture surface is the result of numerous superimposed layers – something that forms of its own accord. It is almost as though the canvas, as such, is superseded, becomes an object, a stone, that is overgrown, something natural that has evolved organically."[27]

With a predominantly grey colour scale and the mood of melancholy that is thereby created, a mood that is intrinsic to the picture, Marcel Schaffner appears to tie into the local-Basler tradition of the so-called "grey painters", centred on Max Kämpf. More important is his knowledge of the – admittedly more colourful – "abstract landscapes" Willem de Kooning had been painting since 1955: de Kooning, too, was responding to events and experiences, a fact that is reflected in the titles of his pictures. De Kooning was in fact painting landscapes of the soul, pure psychograms, where "turbulent forces collide and transform the picture surface into an apocalyptic battlefield of spatial and colour-related energies"[28]. Franz Meyer thinks that de Kooning's paintings, "where the rhythmic gesture of the cross-bars and pictorial surfaces transformed the initially Cubistic structure into a wide and open spatiality", were "like a revelation"[29] for Schaffner. But Meyer did not fail to point out the great significance of Schaffner's art: "The work done by the two young 'grey painters' [meaning Schaffner and the young Werner von Mutzenbecher] in the years around 1960 constitutes a key chapter in the history of art in Basle."[30]

Schaffner himself emphasizes the importance of the impulses from the international avant garde which he was able to pick up in unadulterated form thanks to the propagating work of Arnold Rüdlinger in Basle. "As regards my early artistic influences, the period from the middle to the end of the fifties was the most important,

25
See AUREL SCHMIDT (cf. note 8).
26
WERNER HAFTMANN (cf. note 22), p. 487.
27
WERNER VON MUTZENBECHER (see Note 1).
28
WERNER HAFTMANN (see Note 22), p. 484.
29
FRANZ MEYER (see Note 17), p. 180. In the exhibition of new American painting held in 1958 at the Kunsthalle, Basle, de Kooning was represented by five canvases from the years between 1948 and 1957.
30
FRANZ MEYER (see Note 17), p. 180.

when Rüdlinger was conservator in Basle. The exhibitions devoted to the American Abstract Expressionists were also ... a major influence on me. De Kooning and Pollock were the key figures who inspired me to produce something new. Their influence was seminal."[31]

"Pathos" and "portrayals of an almost heroic desire for freedom"[32] are under discussion. One recalls the artist's own pronouncement: "One also becomes an artist to remain human." More than just a personal statement, this dictum from an artist who is anything but a theoretician, pinpoints a crux of abstract art and its ideological background. The visualization of existential experience of the world is directed against all anonymity and panders to extreme subjectivism; abstract painting is represented as a pure manifestation of the ego and its perceptions. The search for identity and the emphasis placed on the innermost soul ultimately becomes a plea for the power of the individual who must resist all pressures and restrictions. Georg Schmidt actually applies this, both out of meditative absorption and the attitude forged by spontaneous action, to the situation of Basle art, when he says: "Compared with the computing machine, which knows no coincidence and no human individuality, the young artists extol the beauty of coincidence and human individuality. But over all present-day prosperity there hovers man's fear of self-destruction. All that is expressed in the most direct way possible by the 'Tachiste grey painters' gathered around Marcel Schaffner."[33]

Schaffner's canvases from the first half of the sixties evince many characteristics of the new painting from the USA: the fierce, orthographic formulation, the gestural painting action, the chance traces of spontaneous working, consciously left, and the shunning of traditionally organized formal structures. On the other hand, he distinguishes himself from the precursors in equally relevant details: Schaffner patiently applies layer upon layer of paint to his canvas; the work of days or even months transforms it into a heavy painting, to a "tableau objet" proper. These pictures, replete with layers and crusts, therefore have little in common with the momentary explosion, the sudden eruption, such as is found in "action painting", which are borne of the instant. Furthermore, they are not composed in accordance with the "all-over" principle, where the picture edges scarcely play a limiting role, inhibiting the flow and the spread of the colour. Schaffner's formats remain "European", never achieving the monumental dimensions of the Americans. For all their apparent spontaneity and gestural qualities, Schaffner's works remain bound by compositional considerations which are constantly tested, strengthened, but also changed and corrected, during the countless paintings over. Knowledge of the tectonics of floating and bearing down, the emphasizing of edge zones, the unfolding of further openness or hermetic closeness, and the rise and fall of diagonals, are essential.

Collages, papiers découpés

At the beginning of the sixties, non-figurative painting had found its way into every corner and become a world language of art. Signs of tiring were unavoidable. With Pop Art, there was an extreme reaction. Many Swiss artists soon realized that the effect of this kind of art can be "to shackle as much as to liberate"[34], namely when it becomes routine and pointless decadence. Most Swiss who were in at the beginning reacted against this and set out to conquer new artistic terrain, either by reverting to objectivity, searching for an independent, individual way or by embracing new tendencies.

Marcel Schaffner experimented with new techniques. Parallel to the heavy oil paintings, he began, from 1962 onwards, to make collages (Fig. page 72): coloured pieces of paper were stuck onto large sheets of paper or, to speed things up, stapled to the support. Generous forms were then added with a broad brush in such a way that they not only created the focal points with their powerful presence but also, through the contrast with the gentle collage parts, generated a keen tension. Conversely, the paper can also cover up a previously painted surface. Through these collages, Schaffner creates a harder, more abrupt contrast of light and dark, in a way that he does not in the heavy panel paintings. But above all they are characterized by a high degree of luminosity and an unburdened, almost cheerful, poetic quality.

Homage to the great masters

However immediate a painting, in which "days, months are overlayed as a life lived"[35] and which concern inner feelings, Schaffner never thrust aside the paradigm of tradition. In some works he makes a direct reference to it when he presents them explicitly as "Homages". Regarding Schaffner's preoccupation with Degas (Fig. page 19), Hortensia von Roda wrote: "The spare deployment of colour and light in the centre stimulate the attention and result in a figure detaching itself from the background before the eyes of the beholder. The hat of a seated man on the table is precisely captured, the body is only visible in outline, and the place where one expects the face in profile remains darkly shaded. Thus the form withdraws in a strange way, though it enlivens the surrounding area. The various grey-shaded areas thicken to form tangible shapes, like cloud formations, which cannot be fixed."[36]

"Vegetation paintings"

Around 1965 Marcel Schaffner gave up oil painting for good. It was replaced by the supple colour of gouache, acrylic or emulsion on paper. The former limitation to the monochrome grey scale, though quite adequate in artistic terms, gives way to a true discovery of rich, brilliant colours (Fig. page 79). At the same time, Schaffner denies himself the girder-like, wedged, block structures and replaces them with unfettered luxuriant growth of budding vegetable forms, which not only fill the canvas with their organic rapport, but also threaten to burst the bounds with their burgeoning potency.

The canvases done in 1967 are full of "the luxuriant interlaced forms of all-entangling vegetation"[37]. The en-

31
BRUNO GASSER (see Note 10), p. 126.
32
WERNER VON MUTZENBECHER (see Note 1).
33
GEORG SCHMIDT, *Basler Malerei zwischen 1930 and 1960,* in: special jubilee edition published to mark the 75th anniversary of the Schweizerischen Buchdruck-Maschinenmeister und Stereotypeuren-Verbandes, Vereinigung Basel, Basle 1961 (not paginated). FRITZ BILLETER *(Theorie als Schutz und Malerei als Wagnis. Hans R. Schiess und Marcel Schaffner in der Kunsthalle Basel,* in Tages-Anzeiger, 10 November 1977) puts it even more concretely when he writes: "In truth it is a matter of Schaffner's inner spaces, of counterparts to a meticulous city in which the last nook and cranny is 'cultivated'."
34
WERNER VON MUTZENBECHER (see Note 1).
35
FRITZ BILLETER (see Note 31).
36
HORTENSIA VON RODA, *Marcel Schaffner: Nach Degas,* in: *Museum zu Allerheiligen Schaffhausen. Katalog der Gemälde und Skulpturen,* (Schweizerisches Institut für Kunstwissenschaft. Kataloge Schweizer Museen und Sammlungen 13), Schaffhausen 1989, p. 254.
37
See MARTIN SCHWANDER, *Marcel Schaffner, Africa, 1967,* in Kunstwerk des Monats aus der Sammlung Bankverein, ...

tanglements, alternating overlays and circling vortices, do not thrive like an untamed jungle, for there are organizing elements, such as the verticals of towering plant stems, which give the composition a supporting structure. In addition, repetition of the same or similar elements has the effect of structural disciplining. In these images of a strong, sensual presence, the principal elements appear in the uppermost surface layer of the painting. Nonetheless, a spatiality of multiple depth layers is an essential characteristic: as though through a thicket the gaze frequently alights upon something located further away, until it falls on the shining light of the unfathomable depths.

Polaroids in boxes and "time chests"

The most abrupt change of course in the whole development seems that of the so-called "boxes" and "time chests", created between 1969 and 1974 (Fig. page 76). This "most talented and intuitive of painters appeared to have abandoned his vocation"[38], giving up – seemingly overnight – the colourful and lively large-scale "vegetation pictures". Schaffner found a highly personal response to the completely changed context of current trends towards the end of the sixties, when Minimal Art, Concept Art and Earth Art called the traditional categories into question. Schaffner went through an artistic crisis. Though his "uncompromising yearning for independence" made him prefer "to maintain a self-effacing silence and take a step back from the art scene when he no longer felt concerned by what was going on"[39], it applies only to his distancing himself from Pop and Op Art[40], but not Earth Art which fascinated him[41].

The boxes resulted from the confrontation with the phenomenon of Earth Art. Schaffner took Polaroid snaps of ordinary, everyday things such as landscapes, the walls of his studio, easels, radiators and all manner of small objects which were collected and arranged for this specific purpose. He then processed the photographs, painting over them with black colour or snipping them up and mounting them in boxes. "A singular, dialectical approach: the past is transfixed, displayed and then destroyed again, space is given and taken; the whole thing being more picture than sculpture, more a matter of wiping out the traces than securing evidence. These boxes seem sparse and bare – ornamentation and colour are almost completely absent, there is no attempt to see the past through a glow of nostalgia, but rather to represent it in all its nakedness as the detritus of life."[42] With these bare, totally unaesthetic "time chests", Schaffner places himself within the context of Earth Art, Arte Povera and those "individual mythologies" which were to find an international audience at the 1972 "Documenta" in Kassel.

Sign pictures

In retrospect, the works produced in the mid-seventies seem to constitute a single, liberating upsurge, after the years of crisis and loss of confidence. It was no longer feasible to follow on seamlessly from the work of the sixties. However, Schaffner fell back on his qualities as a painter, producing a series of paintings which contain something new and unexpected (Figs. page 108–113). Black, earthy brown or red, caked like blood, cover the surface of the picture in monochrome calm, but also cloud-like veiling and blurring, thus making it more spacious than it really is. Over this coloured ground Schaffner draws a generously proportioned structure which spans the entire space and, in its monumentality and defining precision, appears as a "sign". These fragile traces of spatial exploration seem scored in, markings which break up and injure the surface like wounds or scars. Through their calligraphic presence these "signs" enter into a tense dialogue with the painting that is produced purely by colour, yet they want nothing more than to be orientation aids for an inner geography. In contrast to the heaviness and monumentality, or luxurious colours of the earlier work, these "sign pictures" appear crude and brittle, deriving their intensity from the graphic brilliance of the "signs", as well as from the numinous quality of the unfathomable colour ground.

More recent work

At the beginning of the eighties, Marcel Schaffner returned to gestural, action-packed painting. Decades of experience and a precise idea of the creative goal were instilled into the work which appears fresh and "young" (Figs. page 82–89). Undoubtedly, the newly awakened desire for an overflowing yet controlled painting was fostered, or rather strengthened and affirmed, by the fundamentally altered perception of art then being propagated by a fresh young generation with expressive figurative painting. Schaffner, who always reacted sensitively to new trends, drawing his own conclusions, responded with a new style which, despite its topicality, in many respects recalled the earlier work of the fifties.

The sharp contours drawn quickly with the broad brush often move in "baroque" curves and loops, evoking a figuration of hectic, almost ecstatic energy. They enclose and overlay an intensive colour ground, from which a rich red or venomous yellow often shine forth. Despite the aggression, the angular, spliced forms and the turbulence and nervous polyvalence,

every single element derives its justification and relevance from what has gone before or: the whirling, swirling circles are answered by the reassuring tectonics of solid constructions; the roughly made brushmarks are juxtaposed with softly glazed surfaces, or the insistence on certain parts with all manner of barriers and overspanning elements is placed close beside the silent, hermetic surface – every action demands a counteraction.

Thus, Marcel Schaffner's painting reveals itself as a constant battle, in which the established is continuously destroyed in order to find new uses for it, or else a toilsome continuation of an artistic decision which was once made, then reversed and finally must be rediscovered. The whole intent is to create pictures which incorporate the uncontrolled, spontaneous gesture into their abstraction, into considerations of composition and the delicate equilibrium of tension and calm, monochrome and colour, two-dimensionality and spatiality, centre and periphery. The canvases of these years signify nothing more than a painting derived from painting, referring only to itself. They are "immediate existential proclamations of that which ... has brought forth these pictures" or: "L'art pour l'art in its tragic

---

38
WERNER VON MUTZENBECHER (see Note 1).
39
MARCEL JORAY, *Peintres Suisses, Schweizer Maler,* Neuchâtel 1982, p. 169.
40
Schaffner shared this attitude with Arnold Rüdlinger who made no secret of his dislike of Pop Art.
41
At an exhibition which caused quite a stir, "Veränderungen aller Art" (Changes of all kinds), held at the Kunsthalle, Basle, in 1969, Schaffner stretched many lengths of string across the room. See exhibition catalogue *Veränderungen aller Art,* Kunsthalle, Basle, 1961.
42
WERNER VON MUTZENBECHER (see note 1).

form"[43]. They are perhaps tried and tested psychograms which become pictures by constant cross examination, which may be manifestations of free-thinking and leave associative possibilities open to the beholder.

Particularly in the most recent canvases one can read how Schaffner makes events and experiences (which are internalized in such a way that they can be retrieved anywhere and at any time) flow into his "depictions". For years Schaffner has stayed regularly in Spain, usually in summer. From his window he can see bizarre rock formations which stick up like elephants' feet, and huge earthen vases with bulging, space-displacing volumes; these exert a powerful fascination on him. Both "motifs" are used in the more recent work, although the proportions are altered so that the vessels and pails balance the juxtaposed rock formations. In the sudden collisions between the smooth, crafted shape of the jugs and the natural wildness of the rocks, Schaffner sees a polarity which must be worked out and potentiated in the depicted space. The enormous jugs, sometimes seen in elevation, and the sharp rocks are the fixed points within the pictorial composition. The further work on the painting is organized and orientated in relation to these elements. The colour makes its own contribution to the dynamism and impact of the work: venomously aggressive, "unmotivated" yellow or olive hues bring a note of agitation into the mainly earthy-brown, ochre and grey composition.

It is primarily the graphic presence of typical black brushstrokes which provide the supporting structure that, once established like a frame, affords every possible freedom to the rest. By virtue of their rhythmic positioning which divides the surface, the large forms of vessels and rocks – sometimes so monumental that they threaten to burst the framework of the picture – channel the flow of movement from left to right; in the way they are staggered forward and backward they evoke both limited spatiality and transparent permeability in which the colour layers flow unhindered.

Schaffner's paintings are anything but idyllic. In the monstrousness of their forms and splintered rawness, they give the impression of heavy, earthy restraint. What further interests him about the vases and jugs is the way they claim and displace space. Metaphorically, these are precisely the artistic problems which ultimately interest Schaffner: the dialectical view that one thing follows from another.

From the "graphically" executed and "thrown-off" large-format canvases, which are subjected to constant changes during the complex working process, Schaffner proceeds from the large through smaller to smallest. With every new brushstroke, the expressive gesture remains important, instantaneously leaving traces first here and then elsewhere. Schaffner has never used larger formats, so that he is able to reach and work on the whole surface with each hand and arm movement, without changing his position. The protracted working process, which involves many halts, demands patience, the ability to wait and analyse – often putting the canvas aside for months on end, to begin anew with the benefit of distance in time – until the moment when it is possible to speak of a finished work.

Schaffner's idea of compositional interventions and corrections, of coordinates which impose restraints on the tumult and hectic, is often concentrated in the vertical partition of the surface, which is thus divided into left and right fields. A question thrown up in one demands a response in the other. Others refer to the spatial disposition. The illusion of depth created by the multiple gradations of the perspective is constantly being reversed and thrown into question. The new canvases are – like his entire oeuvre – part of a struggle against blandness and indifference. Besides the earthy brown colouring they often have a dark, blue colour key that is broken up by the contrast between black and white: these are really nocturnal pictures[44].

Work on paper

In contrast to the paintings executed in acrylic or emulsion, where the colour covers the whole surface, the many works on paper, produced ceaselessly and parallel to the figurative paintings, leave great scope for the white of the picture support (Figs. page 132–147). Here too – although Schaffner handles the free-flowing colour in more spontaneous and carefree fashion – it comes down to a constant decision about the use and form of drawing and colour and the reaction to something established. On the smaller sheets of paper Schaffner works in bright colours, as an equivalent to the effect and spontaneity of the large format: strong red, yellow, blue and orange enter into a dialogue with deep black brushstrokes. Not infrequently, the large colour strokes and patches are undercut with scribbled, vague, subtle annotations in pencil. The openness and generosity is connected with the disposition of the painting within the square of paper, where the untouched white of the sheet evokes unending distance. It is not rare for the rapidly executed configurations of colour and form to be placed beneath a broadly arching brushstroke which forms a mighty span over the entire width of the sheet. The scale of this gesture suggests both the low horizon of Mediterranean landscapes or –

indeed – the very principle of freedom.

43
FRITZ BILLETER, *Galerie Noser: Marcel Schaffner,* in: Tages-Anzeiger, 26 March 1988.
44
See Note 7.

Tafeln 1–53   Plates 1–53

1 Miggeli   Oel auf Leinwand   1954   32 × 25 cm   Privatbesitz, Basel

2   Erinnerungen   Tempera und Tusche (Feder) auf Papier   1954/55   25,4 × 39,5 cm   Staatlicher Kunstkredit, Basel

3   Marokko   Oel auf Leinwand   1956   90 × 120 cm   Staatlicher Kunstkredit, Basel

4 Landschaft Oel auf Leinwand 1956 27 × 35 cm Privatbesitz, Zürich

5   Vor der Stadt   Oel auf Pavatex   1958   140 × 122 cm

6 Landschaft Oel auf Leinwand 1959 260,5 × 200 cm Öffentliche Kunstsammlung Basel, Kunstmuseum

7   Fenster V   Oel auf Papier   1986   157 × 108 cm

8   Wasserfall   Oel auf Leinwand   1960   223 × 192 cm   Privatbesitz, Basel

9 Landschaft (Winterreise)   Oel auf Sackleinwand   1960   156 × 223 cm   Staatlicher Kunstkredit, Basel

10   Ohne Titel   Oel auf Leinwand   1965   192 × 171 cm   Kunsthaus Zürich

11 Steinbruch Oel auf Jute 1965 150 × 120 cm Bündner Kunstmuseum, Chur

12   Geröll   Oel auf Leinwand   1962   140 × 82 cm   Kunstmuseum Luzern, Depositum der Bernhard Eglin-Stiftung

13   Ohne Titel   Oel auf Leinwand   1966   80 × 58 cm

14   Winter   Oel auf Leinwand   1963   220 × 190 cm   Sammlung National-Versicherung, Basel

15   Schatten   Oel auf Leinwand   1963   166 × 180 cm   Eigentum der Sandoz AG

16　Morgen III　Oel auf Leinwand　1966　146 × 102 cm

17   Ohne Titel   Oel auf Leinwand, 2teilig   1986   je 190 × 155 cm

18   Ohne Titel   Oel auf Leinwand   1991   150 × 200 cm

19   Ohne Titel   Dispersion auf Leinwand   1990   150 × 190 cm

20   Landschaft   Dispersion auf Leinwand   1990   150 × 190 cm

21   Ohne Titel   Oel auf Leinwand   1991   110 × 150 cm

22 Kaminfeger Dispersion auf Leinwand 1990 150 × 190 cm

23   Ohne Titel   Oel auf Leinwand   1991   155 × 189 cm

24   Ohne Titel   Oel auf Leinwand   1991   140 × 190 cm

25 Composition Oel auf Leinwand 1959 170 × 140 cm Privatbesitz, Bettingen

26   Assemblage   Mischtechnik   1962   100 × 70 cm   PAX Schweizerische Lebensversicherungs-Gesellschaft, Basel

27 Ohne Titel Mischtechnik und Collage auf Leinwand 1962 160 × 110 cm Stiftung Radio Basel

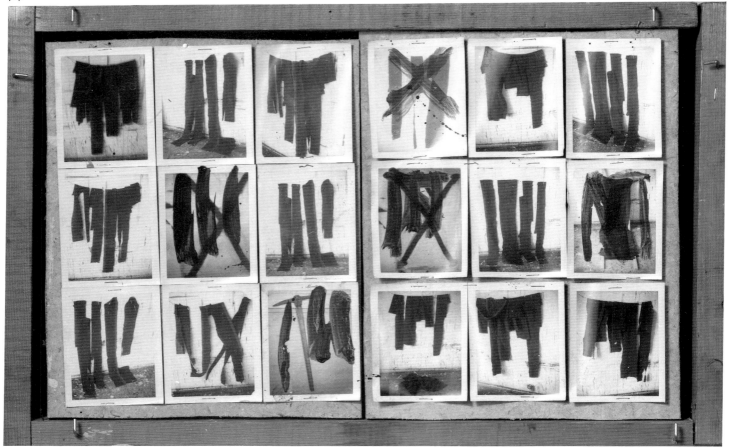

28   Zeitkasten   Polaroidphotos, übermalt in Holzkasten   1969–73   40,5 × 63 × 9,5 cm

29   Mann am Wasser   Tempera auf Papier   1965   54 × 45,5 cm   Privatbesitz, Zürich

30   Zeitkasten   Dispersion, Karton, Holz und Moltofil auf Pavatex, in Holzkasten   1969–73   73 × 60 × 7,5 cm

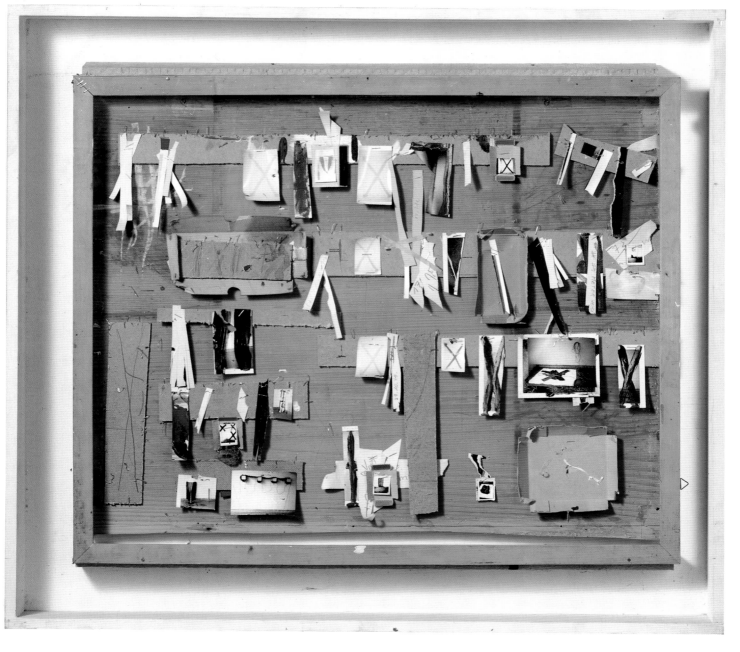

31 Zeitkasten   Photographien, Karton, Holz, Bleistift, Dispersion auf Holz, in Holzkasten   1969–73   84 × 94 × 10 cm

32   Vegetation   Dispersion auf Leinwand   1983   142 × 202 cm   Schweizerischer Bankverein Basel

33   Park   Dispersion auf Leinwand   1966   90,2 × 80 cm   Staatlicher Kunstkredit, Basel

34   Afrika   Dispersion auf Leinwand   1966   147 × 221 cm   Schweizerischer Bankverein Basel

35 Park II Dispersion auf Leinwand 1966 178 × 155 cm Sammlung National-Versicherung, Basel

36 Ohne Titel Mischtechnik auf Papier 1980 98 × 140 cm Peter Max Suter, Basel

37   Ohne Titel   Acryl und Tempera auf Papier   1984   140 × 193 cm   Sammlung Ciba-Geigy, Basel

38   Ohne Titel   Dispersion auf Papier   1987   139 × 190 cm   Privatbesitz, Basel

39   Ohne Titel   Dispersion auf Papier   1985   100 × 150 cm   Privatbesitz, Muri

40   Ohne Titel   Oel auf Leinwand   1983   140 × 240 cm   Hubert Looser, Zürich

41 Der Bulle Dispersion auf Papier 1984 140 × 193 cm Privatbesitz, Basel

42   Ohne Titel   Acryl auf Baumwolle   1983   176 × 235 cm   Öffentliche Kunstsammlung Basel, Kunstmuseum

43   Ohne Titel   Mischtechnik auf Papier   1991   80 × 110 cm

44   Ohne Titel   Dispersion auf Leinwand   1991   200 × 160 cm

45　Las Olas　Dispersion auf Papier　1985　151 × 204 cm　Privatbesitz

46   Ohne Titel   Mischtechnik auf Karton   1991   110 × 80 cm

47   Gefässe   Oel auf Leinwand   1990   150 × 190 cm

48   Gefässe   Oel auf Leinwand   1990/91   140 × 190 cm

49 Sam and Dave Gouache auf Papier 1986 144,5 × 201 cm Kunsthaus Zürich

50   Gefässe   Oel auf Leinwand   1991   160 × 200 cm

51 Gefässe Dispersion auf Leinwand 1991 150 × 190 cm

52 Gefässe Oel auf Leinwand 1990/91 155 × 190 cm

53   Gefässe   Oel auf Leinwand   1990/91   150 × 190 cm

Gespräch mit Marcel Schaffner

Geführt von Dieter Koepplin

Deine Bilder haben einen merkwürdigen Doppelcharakter der Schwere einerseits, des schnellen Pinselstrichs andererseits. Ich könnte mir vorstellen, dass Dir die Entscheidung nicht leichtfällt, wann ein Werk abgeschlossen ist. Welche Erfahrungen hast Du mit dieser Frage, wann oder inwiefern ein Werk fertig ist?

Zur ersten Frage: Dass eine gewisse Schwerfälligkeit vermittelt wird, kommt vor allem daher, dass die Bilder sehr oft übermalt wurden. Das geschah immer dann, wenn ich das Gefühl hatte, dass sie nicht wie aus einem Guss sind. Fertig war für mich ein Bild einfach dann, wenn es mir gefühlsmässig dabei wohl war, und zwar während mehrerer Tage. Wenn dieses Gefühl nicht anhielt, dann übermalte ich. Was mit einem Bild geschieht, ist am Anfang jeweils ganz ungewiss, es zeigt sich im Laufe der Arbeit, so dass tatsächlich schwer zu sagen ist: Jetzt ist das Bild fertig. Im Laufe der Jahre habe ich feststellen müssen, dass gerade eine gewisse Planlosigkeit, oder sagen wir das Anfangen ohne vorgefasste Skizzen und Ideenvorlagen mir das Wichtigste ist. Das ist eine Ziellosigkeit am Anfang, die aber dann im Laufe der Arbeit zu einem Ziel führen soll. Ziel ist vielleicht nicht das richtige Wort. Die eigentliche Sache ist die Arbeit selber. Und das ist eine Arbeit, die in Sekundenschnelle passiert und dann immer voll erlebt werden muss. Wenn dies der Fall ist, dann führt es automatisch oder konsequenterweise zu einem «Ziel». Wenn aber nur eine ganz kurze Zeit während des Arbeitsprozesses ein fremder Gedanke sich einmischt, kann das Ziel nicht erreicht werden, sondern die Arbeit wird unterbrochen und bildet schliesslich keine Einheit, sie ist nicht aus einem Guss.

Aufgrund dieser Haltung bewegst Du Dich mit allen Deinen Arbeiten, mit den frühen ebenso wie mit den späten, in einem einheitlichen Raum. Die Bilder sind zwar ungegenständlich, haben aber eine gewisse Körperhaftigkeit und ebenso eine gewisse Landschaftlichkeit. Du hast mehreren Bildern Landschaftstitel oder Jahreszeitentitel gegeben.

Ich glaube, Landschaft ist sehr allgemein zu verstehen. Bildraum, wie Du sagst, ist schon präziser, weil es mir an sich um den Raum geht. Am Anfang war mir eigentlich nicht klar, was ich genau wollte. Später wurde mir bewusster, dass das Eigentliche die Malerei selber war und nicht irgendetwas, was ausserhalb der Malerei existiert, das heisst eigentlich würde ich am liebsten alles, was die Malerei mit der Aussenwelt verbindbar macht, vermeiden.

Davon scheinen die späten Gefäss-Bilder abzuweichen, wobei allerdings klar ist, dass die Vorstellung eines Gefässes auch sehr allgemeingültig gehalten ist. Auch hier geht es offenbar allgemein um Raum und Körper, oder um den «Bildkörper».

Gefässe sind an sich schon eine allgemeine Sache. Alles ist eigentlich ein Gefäss: Häuser, Strassen, Blätter, Adern usw., alles ist Gefäss.

Wir selber auch.

Wir selber sind ebenfalls Gefässe. Allenfalls gibt es noch Dinge, die dem Gefäss beigefügt sind, beispielsweise Öffnungen, Fenster eines Hauses usw. Was mich bei diesen Gefäss-Bildern speziell interessierte, ist die Frage, ob es möglich ist, die gleiche Art der Malerei beizubehalten, den gleichen Willen zu malen und nur das passieren zu lassen, was auf der Leinwand in dem Moment passiert, wo man malt. Das wurde eine seltsame Gratwanderung: Je weiter man das Gefäss dem Abstrakten annähert, desto mehr hat man nur ein Raumgebilde. Es wurde mir wesentlich, dass diese Gefässe ein Gleichgewicht halten zwischen abstrakt und gegenständlich.

Und da wolltest Du auch unbedingt auf der Bildfläche bleiben. Und es scheint mir, dass die Umrisse bei diesen Gefässen ein relativ grosses Eigenleben bekommen, eben Raumlinien werden. Insofern ergibt sich eine Vergleichbarkeit mit den Bildern von 1977, wo wie auf einer schwarzen Wandtafel weisse Kreidestriche Räume umreissen. Würdest auch Du diesen Vergleich etwa in dieser Weise ziehen?

Was die beiden Sachen miteinander verbindet, ist tatsächlich diese Art der Raumerschliessung. Durch die Bündelung der Striche entsteht räumliche Tiefe, eine Art Pseudoperspektive. Die Kreide, die ich für die Linien verwendete, ist eine Pastellkreide, ein sehr empfindliches Material. Bei ein wenig zu starkem Druck wirkt die Linie sofort zu spitz und zu aufdringlich. Wenn man aber zu wenig Druck gibt, dann bleibt die Linie verschwommen. Wie das gemacht wird, das ist praktisch unrevidierbar und nur in einem ganz bestimmten Moment richtig oder eben falsch. Die Kreide ist fast wie ein Seismograph, der die im Moment richtige Empfindung überträgt. Wenn er schlecht ist, den Impuls einfach falsch überträgt, dann stimmt die Präsenz des Bildes nicht.

Lineare Spuren finden sich auch auf den sehr pastosen frühen Bildern, etwa auf dem Basler Bild von 1959 mit dem Titel «Landschaft». Da gibt es flächige Überlagerungen und oft Zonen, wo man nicht sagen kann, ob das nun eher Fläche oder Linie ist – Linie im strengen Sinn freilich nicht.

Spuren, die in die Farben hineingezogen wurden.

Und von daher ergibt sich für mich auch eine Brücke zu den «Kästen», die in der Zeit von etwa 1969 bis 1973 entstanden sind. Die darin montierten Polaroidschnitzel sind mit Überkreuzungen markiert oder überstrichen, und das wird in Vergleich gesetzt mit anderen Markierungen, die beispielsweise in Gestalt von zwei photographierten Beinen auftreten können, sie sehen aus wie parallele körperhafte Striche.

Ja, das scheint mir eine vergleichbare Sache zu sein, vor allem insofern ich paradoxerweise auch hier vermeiden wollte, eine Gegenständlichkeit oder Bedeutung von aussen einzuführen. Das versuchte ich durch Widersprüchlichkeit besonders bewusst zu machen. Äusserlich sind plastische Dinge da vorhanden, aber entscheidend waren die eingesetzten Mittel, die Gegenständlichkeit wieder aufzuheben. Indem ich abstrakt-parallele Schnipsel-Aufreihungen machte, Polaroidphotos von fast gleichen Dingen nebeneinander, sollen die Schnipsel ihre gegenständlichen Assoziationen verlieren. Sie werden zu einer Struktur innerhalb von vielen Dingen, die als solche zurücktreten.

Und damit liessest Du Dich auch wieder mit dieser merkwürdigen, verdichtenden Ziellosigkeit ein. Die Kästen scheinen Ziellosigkeit in ausserordentlichem Masse zu betonen. Aber es hat Methode.

Das Schwierige ist ja immer, etwas zu machen, was scheinbar sinnlos ist, aber dabei etwas herzustellen, das noch nicht vorhanden ist in der Aussenwelt und somit einen eigenen «Sinn» hat, einen Sinn in sich. Danach erscheint plötzlich eine Art «Ziel», was am Anfang überhaupt nicht vorhanden war.

Die Kästen halten sich im Graubereich, ähnlich wie die frühen Bilder. Aber dann gibt es um 1983 Werke, die bunt

leuchten, wo es um die Aktivität von Licht auch zu gehen scheint, während viele andere Werke dieses Licht zurückdrängen.

Ich glaube, bei den farbigen Bildern passiert eigentlich nur, dass gewissermassen der Pinsel auf die Reise geht und unterwegs bunte Farbe antrifft anstatt Grautöne. Dann wird die Grundstimmung schriller, und das war mir tatsächlich ein Anliegen. Licht und Farbe dienten mir hauptsächlich dazu, diesen schrillen Ton hervorzuheben. Aber grundsätzlich handelt es sich, wie gesagt, um den gleichen Wunsch, dass der Pinsel von sich aus wandert und nun auf Dinge stösst, die zu einer Überraschung oder einfach zu einer neuen Realität führen kann. Der Unterschied zwischen den farbigen Bildern der Zeit um 1983 und den früheren Bildern liegt auch darin begründet, dass die früheren Bilder weniger frei sind, da fielen mir freiere Rhythmen und runde oder geschwungene Formen noch sehr viel schwerer.

Gewiss gab es auch einen stärkeren Bezug zu Vorbildern, etwa zu den Werken von de Staël und de Kooning. Hat man eigentlich de Kooning in Basel damals im Original gesehen?

Die ersten Bilder sind gewiss ziemlich stark von de Staël beeinflusst, wobei allerdings ganz am Anfang de Staël mir gar nicht bekannt war. Beispielsweise das Bild «Marokko» war eines der ersten ungegenständlichen Bilder, die ich gemalt habe, und da war mir de Staël noch nicht bekannt. Eher fühlte ich mich beeinflusst in genereller Weise etwa vom Basler Albert Müller oder auch von Macke und Moilliet, wobei diese allerdings nicht ungegenständlich gemalt haben. Später habe ich durch Reproduktionen de Staël entdeckt, und das hat mich gewiss in eine bestimmte Bahn gelenkt. Vielleicht war das gar nicht so gut, dass ich damals de Staël entdeckt habe, aber es war nun mal so. Und später kam die Entdeckung von de Kooning hinzu. Tatsächlich hat man originale Werke von de Kooning in Basel kaum gesehen. Und es war auch so, dass während ich mitten in einer bestimmten Arbeit war, de Kooning entdeckt habe, und das hat dann die Richtung verändert in einer Weise, die zu Beginn nicht unbedingt meine Absicht war.

Das Merkwürdige ist, dass auch Deine Freunde das mitgemacht haben, so dass damals geradezu eine Basler Schule entstanden ist, mit ziemlicher Vorliebe für die grauen Farben.

Die Grautonigkeit hat in Basel Tradition. Bei de Kooning ging es immer bunter zu. Die Ähnlichkeit unter uns Künstlern in Basel – Mutzenbecher, Hasenböhler, Völke, Hans Remond usw. – entstand zunächst einfach dadurch, dass wir uns oft im Atelier besucht hatten und von den gleichen Dingen beeindruckt waren. Da dominierte der abstrakte amerikanische Expressionismus.

Und wie Du sagst, dazu kam ein bewusster Bezug zur Basler grautonigen, dunklen Malerei – man denkt an Barth, Donzé, Lüscher usw.

Aber vor allem muss man an Max Kämpf erinnern!

Kämpf hatte aber bei der Grautonigkeit immer eine grosse Leichtigkeit. Er arbeitete nicht pastos wie die älteren Basler Maler.

Die Schwerheit der Bilder, die sich von der transparenten, atmosphärischen Malerei von Max Kämpf unterscheidet, rührte, scheint mir, vor allem daher, dass wir neu beginnen mussten, dass wir das Bild erst erfinden mussten! So wurden, wie anfangs gesagt, die Bilder vielfach über-malt, sie wurden umgemalt usw. Es hat ja auch einen ganz bestimmten Reiz, wenn schon etwas auf der Leinwand oder auf dem Papier, wo man grundsätzlich leichter arbeitet, vorhanden ist, und wenn man auf das Vorhandene darüber arbeitet, entweder im Sinn des Gegensätzlichen oder auch des ganz anderen. Bereits Vorhandenes ist anregend. Ich übermale gern viel ältere Bilder, die mir wie Überreste von vergangenen Zeiten vorkommen. Es kann auch vorkommen, dass ich bei der Überarbeitung eines älteren Bildes dieses Werk zunächst ganz einheitlich abgrundiere und auf diesem einheitlichen Grund neu male. Oft lasse ich aber auch das alte Bild stellenweise hervorschauen, aber das kommt nicht immer gut heraus. Jedenfalls behalte ich mir die grösstmögliche Freiheit – mit dem Risiko, dass dies ins Chaos ausläuft. Dann wird es spannend herauszufinden, worin denn der Unterschied liegt, dass das eine Bild im Chaos oder im Ungesagten verschwindet, das andere aber das Chaotische als einen Bestandteil von etwas Geordnetem in sich aufnimmt.

Marcel Schaffner in conversation
with Dieter Koepplin

Your paintings have a remarkable duality of character: evincing a quality of heaviness on the one hand and rapid brushwork on the other. I can imagine you find it difficult to decide when a work is completed. What is your experience of this dilemma of deciding when or to what extent a painting is finished?

With regard to the first point: the heaviness of which you speak comes primarily from the fact that the canvases were very often painted over. This always happened when I felt they were not, as it were, a «one-piece cast», i.e. an integral whole. For me a canvas was finished when I felt comfortable with it and remained so for several days. If the feeling didn't last, I painted over it. How a picture will ultimately turn out is uncertain at the outset and only becomes clear as the work progresses; so it really is difficult to say: there, now it is finished. Over the years I have come to realize that this lack of planning – beginning work on a picture without preliminary sketches and set ideas – is crucial for me. In fact it is a matter of setting out without a plan and moving towards a goal as the work progresses. Perhaps «goal» is not the right word. The work itself is the main thing. And that takes only seconds. It is a moment which must always be lived to the full. When that is the case, it leads automatically and systematically to a «goal». But when an alien thought creeps in during the working process, the goal cannot be reached, the work must be broken off and so, finally, it does not form an integral whole.

With this approach, it seems to me that, in all your painting, the early work as much as the later, you are moving in a homogeneous space. The pictures may be abstract, but they have a certain physicality and also a certain landscape quality. You have given several canvases landscape or seasonal titles.

I think landscape can only be understand in general terms. Pictorial space, as you say, is more precise, because my concern is largely with space. To begin with, I didn't really know what I wanted. Later, I realized that the essential was painting itself and not something that existed outside of it; in other words, I would rather avoid entirely anything that makes it possible to connect painting with the outside world.

The later vessel paintings appear not to conform to this idea, although it is clear that the concept of a vessel is also expressed in very general terms. Here too, it seems we are dealing in general with space and physicality, or with «pictorial physicality».

Vessels in themselves are general things. Everything is essentially a vessel: houses, streets, leaves, arteries, and so on – all vessels.

As we are too.

We are also vessels. Though there are other things which are added to the vessel: apertures, the windows of a house, etc. What interested me particularly in these vessel paintings was whether it is possible to sustain the same type of painting, to paint with the same conviction, and to let happen only what is happening momentarily on the canvas one is painting. It became a strange balancing act: the nearer the vessel came to the abstract, the more one was left with a spatial structure and no more. It became important to me that this vessel should strike a balance between abstract and representational.

And you wanted at all costs to remain on the picture surface. It seems to me that the outlines of these vessels take on a quite intensive life of their own, becoming spatial lines. In that sense, there are certain parallels to the can-

vases of 1977, in which spaces are outlined by white chalk marks as though on a blackboard. Would you also make such a comparison?

In fact, the connection between the two lies in the way space is enclosed. By bundling the lines, spatial depth is created in a kind of pseudo-perspective. The chalk used for the lines is a pastel chalk, a very sensitive material. Where a little too much pressure is exerted, the line immediately appears too sharp and obtrusive. But when too little pressure is exerted the line remains blurred. The way it is done makes it practically impossible to modify and only right or wrong at a quite specific moment. The chalk is almost like a seismograph which conveys the sensation that is momentarily correct. If it is wrong, if it gives a wrong impression of the impulse, then the presence of the picture is wrong.

Linear traces are also evident in the marked impasto of the early pictures, for instance the Basle painting of 1959 entitled «Landscape». It has two-dimensional overlayed areas and many flat or linear zones – impossible to say which, though in the strictest sense they cannot be called linear.

Traces which were drawn into the colours.

And from there I find a bridge to the «boxes» done in the period from about 1969 to 1973. The polaroid snippets which are incorporated into them are marked or painted over with crosshatching, and this is contrasted with other markings, for example in the form of two photographed legs, resembling two parallel «physical» marks.

I do see that as comparable, paradoxically because I wanted above all to avoid introducing objective realism or extraneous meaning. This I consciously tried to do through contradiction. Externally, plastic objects are present, but what was decisive were the means used to reverse the realistic element. By placing abstract-parallel cuttings side-by-side – polaroid photos of almost identical objects – the cuttings are meant to lose their figurative associations. They become a structure within a number of objects which thereby recede as objects.

And with that you are getting into this remarkable condensing aimlessness again. The boxes appear to emphasize aimlessness to an extraordinary degree. But there is method behind it.

The difficulty is always to do something apparently meaningless, but which produces something not previously existing in the outside world and which therefore has its own intrinsic «meaning». In this way a kind of «goal» is created which was not present before.

The boxes remain in the grey scale, rather like the earlier canvases. Then around 1983, there were canvases ablaze with colour which appear to be concerned also with the action of light, and at the same time many other works where the light is restrained.

I think that, with the colourful pictures, it is really a question of the brush going on a journey and en route meeting colours rather than greys. This makes the underlying mood more strident, and that was one of my preoccupations. Thus, light and colour served primarily to accentuate the strident tone. But basically it is the same desire to let the brush travel of its own accord and meet things which can lead to a surprise or simply to a new reality. The difference between the colourful pictures of around 1983 and the earlier canvases resides also in the fact that the earlier works were more constrained, I found freer rhythms and round or sweeping forms much more difficult.

Certainly, the references to prior works were stronger, for example those of de Staël and de Kooning. Had de Kooning been seen in the original in Basle at that time?

In the first paintings, the influence of de Staël is certainly quite strong. For example, the work entitled «Morocco» was one of the first non-figurative canvases I painted, and at that time I was unaware of de Staël. In general terms, I can say I felt more influenced by the Basle artist Albert Müller, and also by Macke and Moilliet, though the latter did not paint non-figuratively. Later, I discovered de Staël from prints and that certainly helped steer me in a particular direction. Maybe that was not altogether for the best, but that's how it happened. And later came the discovery of de Kooning. It is true that original work by de Kooning had scarcely been seen in Basle at that time. And it was also the case that I discovered him while I was in the middle of a particular painting, and that it changed my direction in a way that I had not foreseen at the outset.

The remarkable thing is that your friends were influenced in a similar way, creating something of a Basle school at that time, with a distinct leaning towards the greys.

In Basle, the use of grey has tradition. De Kooning's work became more and more colourful. Initially, the similarity of the work produced by the group in Basle – Mutzenbecher, Hasenböhler, Völkle, Hans Remond, etc. – arose simply because we often visited one another's studios and were struck by the same things. The dominant force was American Abstract Expressionism.

And as you say, there was also a conscious reference to Basle's traditional grey-scale, dark painters – one thinks of Barth, Donzé, Lüscher and so forth.

And above all Max Kämpf, surely!

Yes, but Kämpf's grey painting always possessed an exceptional lightness of touch. He did not use impasto to overlay his paintings like the earlier Basle painters.

It seems to me that the heaviness of the paintings, which distinguishes them from the transparent, atmospheric painting of Max Kämpf, stems above all from the fact that we have to begin again from scratch, that we have first to reinvent the picture. Thus, as I have already said, canvases were frequently painted over, reworked, etc. This approach also has a particular attraction when something is already there on the canvas or on paper, where one is able to work more easily, and one works on top of that, either representationally or otherwise. Having something already on the painting surface is stimulating. I often paint over old pictures, which seem to me like relics from the past. It can also happen that I give the canvas a new priming coat and then start afresh on this even ground. Then again, I often leave some of the old painting showing through, though the result is not always a happy one. At any rate, I allow myself the greatest possible freedom, with the risk that it will lead to chaos. It then becomes exciting to discover where the difference lies, what it is that makes one painting vanish into chaos or into that which is left unsaid, while another is able to incorporate chaos as a component of an ordered structure.

Tafeln 54–93

Plates 54–93

54   Ohne Titel   Kohle auf Pressspanplatte   1979   175 × 300 cm

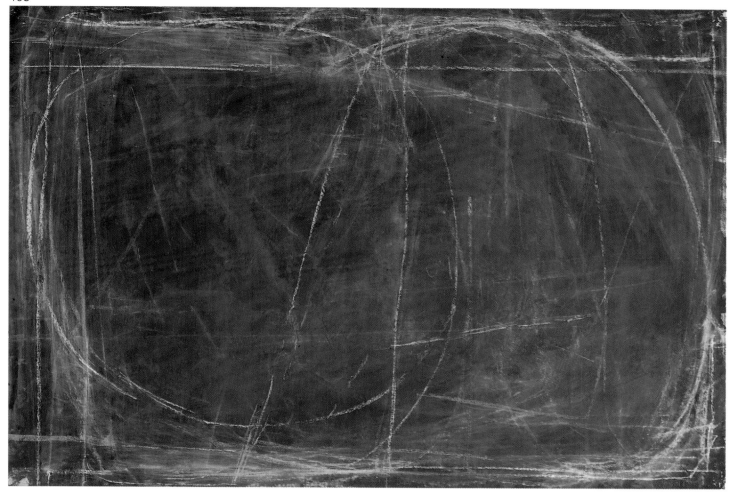

55   Zeichen   Dispersion und Pastellkreide   1979   69 × 99 cm   Privatbesitz, Basel

56 Boote Dispersion und Pastellkreide 1979 50 × 40 cm Privatbesitz, Zürich

57 Schiff Dispersion und Pastellkreide auf Papier 1977 132 × 93 cm Privatbesitz, London

58   Zeichen V   Dispersion und Kreide auf Papier   1977   149,5 × 106,5 cm   Bündner Kunstmuseum, Chur

59   Ohne Titel   Mischtechnik auf Papier   1986   63,5 × 92,5 cm

60   Ohne Titel   Oel auf Papier   1986   59,5 × 42 cm

61   Ohne Titel   Oel auf Papier   1989   72 × 101 cm   Hubert Looser, Zürich

62   Ohne Titel   Oel auf Papier   1983   93,5 × 131 cm   Bank Cial (Schweiz), Basel

63   Ohne Titel   Oel und Kreide auf Papier   1988   59,5 × 42 cm

64   Ohne Titel   Mischtechnik auf Papier   1990   110 × 79,5 cm

65   Ohne Titel   Kreide und Kohle auf Papier   1988   59,4 × 45,4 cm

66   Ohne Titel   Tempera auf Papier   1989   73 × 100 cm   Privatbesitz, Basel

67   Ohne Titel   Oel auf Papier   1986   70 × 100 cm

68   Ohne Titel   Oel auf Papier   1986   59,5 × 42 cm

Ohne Titel   Oel auf Papier   1986   107 × 107 cm

70   Ohne Titel   Mischtechnik auf Papier   1990   110 × 80 cm

71   Ohne Titel   Oel auf Papier   1986   102 × 73 cm

72 Ohne Titel Mischtechnik auf Papier 1989 59 × 41,5 cm

73   Ohne Titel   Mischtechnik auf Papier   1989   76 × 55,5 cm

74   Ohne Titel   Mischtechnik auf Papier   1990   110 × 80 cm

75   Ohne Titel   Mischtechnik auf Papier   1989   73 × 102 cm

76 Ohne Titel Mischtechnik auf Papier 1984 101 × 72 cm LM Sammlung Romano Villa, Basel

77   Ohne Titel   Mischtechnik auf Papier   1989   75,5 × 56 cm

78   Ohne Titel   Mischtechnik auf Papier   1989   59,5 × 42 cm

79   Ohne Titel   Mischtechnik auf Papier   1989   78,5 × 57 cm

80   Ohne Titel   Mischtechnik auf Papier   1991   110 × 80 cm

81   Ohne Titel   Mischtechnik auf Papier   1991   110 × 80 cm

82 Ohne Titel Acryl auf Pavatex 1991 40 × 50 cm

83   Ohne Titel   Mischtechnik auf Papier   1991   57 × 79 cm

84 Ohne Titel Mischtechnik auf Karton 1990 110 × 80 cm

85   Ohne Titel   Oel auf Papier   1989   59,5 × 42 cm

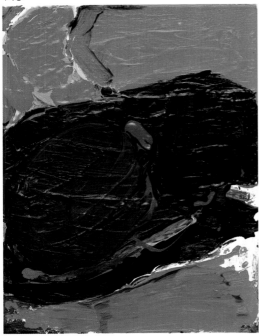

86   Ohne Titel   Acryl auf Leinwand   1990   40 × 30 cm

87   Ohne Titel   Mischtechnik auf Papier   1989   75,5 × 54 cm

88   Ohne Titel   Acryl auf Leinwand   1991   27 × 35 cm

89   Ohne Titel   Acryl auf Pavatex   1991   40 × 50 cm

90   Ohne Titel   Mischtechnik auf Papier   1990   110 × 80 cm

91   Ohne Titel   Acryl auf Pavatex   1991   40 × 50 cm

92   Ohne Titel   Acryl auf Pavatex   1991   50 × 40 cm

93   Ohne Titel   Acryl auf Pavatex   1991   40 × 50 cm

Biographie

1931	Am 20. Dezember in Basel geboren. Aufgewachsen in Basel. Schulen in Genf und Basel
1948/49	Besuch des Vorkurses der Kunstgewerbeschule Basel
1951	Reise nach Italien; beginnt zu malen
1954/55	Aufenthalte in Spanien und Marokko
1955–57	Besuch der Malklasse der Gewerbeschule, Schüler bei Martin A. Christ und Walter Bodmer
seit 1957	freier Maler Anfangs der 60er Jahre pflegten Marcel Schaffner, Werner von Mutzenbecher und Hans Remond regen Kontakt mit dem Maler Hans R. Schiess, der sie in seine kunstgeometrischen Theorien einführte
1975–91	Lehrer an der Kunstgewerbeschule Basel (Farbe, Aquarellieren, Modellzeichnen) Lebt in Zürich, Basel und Spanien
Stipendien:	Eidgenössisches Kunststipendium, Kiefer-Hablitzel-Stiftung, Basler Kunstverein, Kanton Basel-Stadt, Preis des Lyon's Club, Basel

1953 Galleria del Cavallino, Venedig
Galleria del Naviglio, Mailand
Kunsthalle Basel *(Weihnachtsausstellung; 1954, 1956, 1959, 1960, 1963)*

1954 Galerie 16, Zürich

1958 Kunsthalle Basel *(GSMBA, Sektion Basel)*

1960 Kunstmuseum St. Gallen *(43 junge Schweizer Künstler),* Schloss Morsbroich,
Leverkusen *(42 junge Schweizer)* (Kat.)
Mustermessehalle, Basel *(Kunstkredit)*

1961 Kunsthalle Basel *(19 junge Basler Künstler)* (Kat.)
Schweizerische Nationale Kunstausstellung (Kat.)
Städtische Galerie, Biel *(Buri, Gürtler, Iseli, Luginbühl, Meister, Spescha,
Schaffner)* (Kat.)
Biennale, Tokio

1962 Galerie Palette, Zürich
Galerie Gunar, Düsseldorf
Museum zu Allerheiligen, Schaffhausen *(Schweizer Malerei)* (Kat.)
Kongresshalle Berlin *(Basler Künstler der Gegenwart)*

1963 Aargauer Kunsthaus Aarau *(Stipendiaten seit 1950)* (Kat.)
Kunstmuseum Luzern *(Junge Kunst. Charles Meystre, Marcel Schaffner,
Ernst Schurtenberger, Walter Voegeli)* (Kat.)
Galerie Riehentor, Basel

1964 Kunsthalle Basel *(La Peau de l'Ours)* (Kat.)
Schweizerische Landesausstellung, Lausanne *(Art Suisse du XXe siècle;
Voie Suisse)* (Kat.)
Galerie Krugier, Genf

1965 *Schweizer Kunst,* Wanderausstellung der Schweizer Kulturstiftung Pro Helvetia in
Polen (Krakau, Warschau) (Kat.)

1974 Galerie Regio, Basel *(Arbeiten 1963–73)*

1977 Kunsthalle Basel (Kat.)

1978 Kunsthaus Zürich *(Beginn des Tachismus in der Schweiz. Lyrische Abstraktion –
Informal – Action Painting)* (Kat.)

1980 Galerie Riehentor, Basel

1982 Galerie ge, Winterthur

1983 Galerie Palette, Zürich

1984 Galerie Riehentor, Basel/Galerie Littmann, Basel

1985 Galerie Hartmann, St. Gallen

1986 Art 17'86, Basel, Galerie Riehentor

1988 Galerie Peter Noser, Zürich

1989 *Seven Swiss Artists,* Herzliya (Kat.)

1990 Galerie Riehentor

1992 Galerie Carzaniga & Ueker, Basel (Monographie)

Öffentlich zugängliche Werke

1955   Privathaus, Basel (Sgraffito)
1961   Gewerbeschule, Basel (Glasfenster)
1962   Frauenarbeitsschule, Basel (Wandgemälde)
1965   Brunnmattschule, Basel (Deckengemälde)
1966   Gewerbeschule, Liestal (Wandgemälde)
1968   Psychiatrische Klinik, Schwesternhaus, Basel (Wandgemälde)
1969   Gymnasium, Liestal (Wandgemälde)
1971   Bäumlihofgymnasium, Basel (Wandgemälde)
1973   Ciba-Geigy, Grossraumbüro, Basel (Wandgemälde)
1977   Technikum, Muttenz (Wandgemälde)

M.G. [MANUEL GASSER], *Die dunklen Pferde. Schweizer Künstler unter fünfunddreissig Jahren,* in: Du, August 1959, S. 5–8, 22–23.

ERIKA SCHULZE, *Junge Schweizer Künstler. Marcel Schaffner,* in: Werk. Schweizer Monatsschrift für Architektur, Kunst, Künstlerisches Gewerbe 47, Heft 12, 1960, S. 444.

EDUARD PLÜSS/HANS CHRISTOPH VON TAVEL (Hrsg.), *Künstler-Lexikon der Schweiz. XX. Jahrhundert,* 2. Band, Frauenfeld 1958–1967, S. 839–840

PETER ZSCHOKKE, *50 Jahre Basler Kunstkredit,* Basel 1969.

Öffentliche Kunstsammlung. Kunstmuseum Basel. Katalog 19./20. Jahrhundert, Basel 1970, S. 299 (Abbn.).

WERNER VON MUTZENBECHER, in: Ausst.-Kat. *Marcel Schaffner,* Kunsthalle Basel 1977; wiederabgedruckt in: Kunst-Bulletin des Schweizerischen Kunstvereins, Heft 3, März 1978, S. 2–5.

FRITZ BILLETER, *Theorie als Schutz und Malerei als Wagnis. Hans R. Schiess und Marcel Schaffner in der Kunsthalle Basel,* in: Tages-Anzeiger, Zürich, 10. November 1977.

ERIKA BILLETER, in Ausst.-Kat. *Beginn des Tachismus in der Schweiz. Lyrische Abstraktion – Informal – Action Painting,* Kunsthaus Zürich 1978, S. 7–10.

AUREL SCHMIDT, *Abbilder des Inneren,* in: Basler Magazin, Nr. 44, 1. November 1980, S. 9.

HANS H. HOFSTÄTTER, *Bildwelt – Erlebniswelt. 100 Bilder aus der Sammlung der Schweizerischen National-Versicherungs-Gesellschaft in Basel – ein Beitrag zum Kulturaustausch in der Regio,* Freiburg i.Br. 1981, S. 131–133.

MARCEL JORAY, *Peintres Suisses, Schweizer Maler,* Neuchâtel 1982, S. 81, 92, 93 (Abbn.).

am. [ANDREA MEULI], *Die Herausforderung des Abstrakten Expressionismus (Aus der Sammlung des Bündner Kunstmuseums XLVIII),* in: Bündner Zeitung, 2. Sept. 1982; wiederabgedruckt in ANDREA MEULI, *Bilder einer Sammlung. 101 Werke aus dem Bündner Kunstmuseum,* Chur 1989, S. 54–55.

BRUNO GASSER, *Marcel Schaffner. «Man wird Künstler auch, um Mensch zu bleiben»,* in: Basler Woche, 7. Oktober 1983.

FRANZ MEYER, *Die Kunstszene Basel 1950–60: Vorbilder und neue Impulse,* in: Gruppe 33, Editions Galerie «zem Specht», Band 6, Basel 1983, S. 179–180.

HANS A. LÜTHY/HANS-JÖRG HEUSSER, *Kunst in der Schweiz 1890–1980,* Zürich/ Schwäbisch Hall 1983, S. 79, 84.

BRUNO GASSER, *40 Basler Künstler im Gespräch,* Basel 1984, S. 124–127.

wb [WOLFGANG BESSENICH], *Schaffner: Malerei der spontanen Gesten,* in: Basler Zeitung, Nr. 87, 11. April 1984.

MARTIN SCHWANDER, *Marcel Schaffner, Afrika, 1967,* in: Kunstwerk des Monats aus der Sammlung Bankverein, Basel, September 1985.

SIEGMAR GASSERT, *Marcel Schaffner (Kunstsommer IV),* in: Basler Zeitung, Nr. 211, 10. September 1986.

HvR [HORTENSIA VON RODA], *Marcel Schaffner, Nach Degas,* in: Museum zu Allerheiligen. Katalog der Gemälde und Skulpturen (Schweizerisches Institut für Kunstwissenschaft: Kataloge Schweizer Museen und Sammlungen 13), Schaffhausen 1989, S. 254.

BEAT STUTZER, *Marcel Schaffner, «Steinbruch»,* in: Bündner Kunstmuseum Chur: Gemälde und Skulpturen (Schweizerisches Institut für Kunstwissenschaft: Kataloge Schweizer Museen und Sammlungen 12), Chur 1989, S. 220–221.

BEAT STUTZER und DIETER KOEPPLIN, *Marcel Schaffner,* Editions Galerie Carzaniga & Ueker, Band 9, Basel 1991.

Photonachweis

(Abkürzungen: o, m, u = oben, Mitte, unten; lo, lm, lu = links oben, links Mitte, links unten; mo, mu = Mitte oben, Mitte unten; ro, rm, ru = rechts oben, rechts Mitte, rechts unten)

Christian Baur, Basel, hat den grössten Teil der Tafel-Abbildungen und einen Teil der Abbildungen im Textteil gemacht. Diese Photographien (89 Aufnahmen) sind hier nicht speziell erwähnt.

Die übrigen Aufnahmen stammen von folgenden Photographen:

1. *Photographen*
   Sandro Bocola, Zürich: 2, 24 (ru); 25 (alle)
   Frida Bovet, Zürich: 24 (lm), 24 (lu), 26 (lm)
   Martin Bühler, Kunstmuseum Basel: 21 (lu), 48
   Gaechter + Clahsen, Zürich: 26 (ru)
   Peter Hemann, Basel: 20 (rm)
   Kurt Hofmann, Bündner Kunstmuseum, Chur: 54, 113
   Bruno Hubschmid, Zürich: 117
   Maria Netter, Basel: 14 (alle)
   Doris Rosenfeld: 12
   Peter Schälchli, Zürich: 86
   Andreas F. Voegelin, Basel: 43, 79, 123
   Rolf Wessendorf, Schaffhausen: 19
   Patrick Willen, Paris: 24 (mo)

2. *Photos aus Institutionen (nach Orten)*
   Basel, Ciba-Geigy: 83
   Basel, Öffentliche Kunstsammlung: 20 (lu), 20 (mu)
   Luzern, Kunstmuseum: 55
   Zürich, Kunsthaus: 53, 96

3. *Unbekannte Photographen:*
   10, 18